Auf ewig war ich Dein

••

Silke Buttgereit

Auf ewig war ich Dein

Lesben und ihre Ex-Geliebten

Krug & Schadenberg

Mais la vie sépare
Ce qui s'aiment
Tout doucement
Sans faire de bruit
Et la mer efface sur le sable
Les pas des amants désunis

Jacques Prévert, *Les feuilles mortes*

Aber das Leben trennt
allmählich und leise
die, die sich lieben
und das Meer verwischt
die Spuren vergangener Lieben
im Sand

Inhalt

Vorwort

Im Duden steht »ex-« zwischen »Ewigkeit« und »exakt«, und das trifft die Sache für Lesben meist im Kern: »Wir dachten, unsere Liebe sei für die Ewigkeit, und dann dauerte sie exakt drei Jahre, fünf Monate und zehn Tage.«

Wir haben die serielle Monogamie vielleicht nicht erfunden, aber zur Hochkultur entwickelt und glauben jedesmal aufs neue nicht an die Endlichkeit der Liebe. In der Folge ist die Spur unserer Liebesbiographie gesäumt von den vielen, die einmal auf ewig unser waren. Dass Lesben mit ihren einst Geliebten häufig die innigsten Beziehungen pflegen, ist zumindest innerhalb der lesbischen Community ein bekanntes und belächeltes Klischee.

Aber ein ganzes Buch über Lesben und ihre Ex-Geliebten, das seinen Platz auf dem Bücherregal in guter Nachbarschaft mit »Lesben und Katzen« und »Lesben und Astrologie« findet? Ich hatte zunächst Zweifel, ob das Phänomen der vergangenen Lieben wirklich ein Buch füllen könnte. Was sollte das sein? Ein Abgesang auf die Liebe, der in vielen Variationen davon erzählt, dass Lesben sich nicht richtig trennen können?

Es war ein kurzer Blick in meinen eigenen Bekanntenkreis, der mich vom Sinn dieses Buches überzeugt hat. Da hat A seit vielen Jahren ein Unternehmen mit ihrer Ex, B wohnt ebenso lange mit der ihren zusammen. C erzählt beim Bier immer gern die neuesten Geschichten von ihrer anstrengenden, aber natürlich geliebten Ex. D ist so verbandelt mit der großen Ex in ihrem Leben, dass daneben seit bald einem Jahrzehnt nur kurze Affären möglich sind. E hat mit zwei Ex-Geliebten nach dem Ende beider Beziehungen zwei Kinder bekommen, die sie zu dritt miteinander großziehen. F hat die Krise nach ihrer jüngst zerbrochenen Liebesbeziehung nur mit großem Beistand und Zuspruch ihrer vorletzten Ex überlebt. G ringt mit sich und ihrer Ex, die jetzt Ben heißt und ein Leben als Mann begonnen hat. Und endlich gibt es auch H, die Überzeugungstäterin, die mit keiner ihrer Ex-Geliebten Kontakt hat.

Die Ex ist aus dem lesbischen Leben und Lieben nicht wegzudenken, und die Beziehungen, die Frauen zu ihren Ex-Geliebten haben, sind oft so verbindlich, dass sie nicht als kleine persönliche Schrulle abgetan werden können. Offensichtlich haben viele Lesben ein Lebensmodell entwickelt, in dem neben der vielbeschworenen seriellen Monogamie nicht nur Freundinnen, sondern auch Ex-Geliebte ihren Platz haben. Das ist mehr als chronische Abschlußschwäche im Trennungsprozess – das scheint Konzept und soziale Kultur zu sein.

Drei Fragen ziehen sich daher als roter Faden durch dieses Buch: Was ist es, das zwei Frauen verbindet, die erst die Liebe und dann das Drama einer Trennung miteinander durchlebt haben? Wie sehen die Beziehungen aus, die Lesben zu ihren Ex-Geliebten hegen und pflegen? Gibt es ein soziales Lebens- und Beziehungsmodell, das in der sehr lebendigen Ex-Kultur von Lesben sichtbar wird?

Die Geschichten in diesem Buch sind alle wahr, wenn auch Details, Orte und Namen frei erfunden oder geändert sind.

Über die Liebe im 21. Jahrhundert

Ein Buch, das von den Spätfolgen lesbischer Liebesbeziehungen erzählt, kann über die Ursache der lesbischen Ex-Kultur, die Liebe und ihr Scheitern, nicht gänzlich schweigen. Offensichtlich tun wir uns schwer mit der Liebe, schwer genug jedenfalls, um mehrere Anläufe zu benötigen. Das allein wäre noch nicht wirklich der Rede wert. Dass wir aber dazu neigen, die lebenden Beweise unseres Scheiterns, unsere Ex-Geliebten, später als Freundinnen, Lebensberaterinnen, Mitbewohnerinnen, Privatkreditgeberinnen, Krankenpflegerinnen, Co-Mütter und Partnerinnen für die Altersplanung um uns zu scharen, ist ein recht einzigartig lesbisches Phänomen.

Fangen wir an mit der Liebe. Die Verbindung von Lesben und Liebe hat nur eine kurze historische Tradition. Die alte Idee der romantischen Liebe hingegen, die Liebe, Sex und Ehe untrennbar aneinanderkoppelt und das Momenthafte der Leidenschaft leugnet, stammt in ihren Ursprüngen aus dem 18. Jahrhundert. Sie hatte ihre Blütezeit längst überschritten, als Lesben im 20. Jahrhundert erst in den zwanziger Jahren und dann mit den späten sechziger Jahren begannen, offen in die Welt zu treten und ihre Liebesbeziehungen sichtbar zu leben. Der erste Anlauf war in weiten Teilen auf Bohème und künstlerische Avantgarde beschränkt und wurde vom gesellschaftlichen Revisionismus des Faschismus brutal beendet. Die Lesben, die schließlich nach 1968 ans Tageslicht traten, standen durchaus im Trend der Zeit und der gesellschaftlichen Aufbruchsstimmung dieser Jahre. Offenheit allein war ihnen allerdings nicht genug, sie experimentierten, um andere Formen von Liebe zu finden, und stellten die traditionellen Begriffe von Treue und Monogamie und das Modell der Zweierbeziehung an sich in Frage. Während sich aber der heterosexuelle Rest der 68er am Rollenverständnis der Väter und Mütter abarbeiten konnte und musste, existierten für lesbische Beziehungen keine realen Role Models, die gestürzt oder neu gesetzt werden konnten. Sartre und Beauvoir gab es nicht als lesbische Variante. Die Liebe unter Frauen wollte ganz neu erfunden werden.

Und auch wenn die damaligen Experimente mit neuen und kollektiven Lebens- und Liebesformen – geteilter Wohnraum, geteiltes Geld, geteilte Liebe – heute gern belächelt werden: Das Unbehagen angesichts der Idee von romantisch unteilbarer Liebe zieht sich wie ein roter Faden durch vier Jahrzehnte neuer lesbischer Geschichte. Und er wird im persönlichen Leben vor allem dann gern wieder aufgenommen, wenn eine Beziehung, die als romantische und exklusive Liebe begann, unromantisch zu Ende ging.

Das bürgerliche Modell der romantischen Liebe hatte seinen Höhepunkt im 19. Jahrhundert und ist allemal überholt. Zudem war es nie nach unserem Schnittmuster geschneidert. Es braucht schon Mann und Frau, damit es richtig sitzt – zwei Menschen, die sich nur in Verbindung mit der angeblich anderen Hälfte ganz fühlen und zu einer höheren Einheit verschmelzen. Liebe ist, wenn er und sie zusammengehören wie Topf und Deckel. Allein ist der Mensch nur die halbe Portion, und Mann und Frau werden durch das jeweils andere Geschlecht von diesem Mangel befreit. Stärke wird durch Anmut geadelt, Ratio mit Intuition angereichert, Ecken werden geschliffen, Strenge gemildert. In der gelebten Wirklichkeit bedeutete dies: Die Frau verzichtet auf wirtschaftliche Eigenständigkeit, erzieht die Kinder, führt den Haushalt. Dafür darf sie an Migräne leiden, zu hysterischen Zuständen neigen und verhohlen erotische Briefromane lesen. Der Mann versorgt, verteidigt und bestimmt. Dafür darf er an Herrenabenden teilnehmen, Zigarren rauchen und das Hausmädchen verführen. Schon immer war die romantische Liebe vor allem ein wunderbarer Werbespot für ein mittelmäßiges Produkt, die Ehe – und sicher kein Modell für Frau und Frau und kein Modell für die ausgeprägten Individuen und eigenwilligen EgozentrikerInnen unserer Welt, ob Mann oder Frau.

Wirtschaftliche Unabhängigkeit, die in diesem Modell für Frauen nicht vorgesehen ist, bildet jedoch die Minimalvoraussetzung lesbischer Identität. Wenn es eine lesbische Tradition gibt, die weiterreicht als der Beginn des gesellschaftlichen Coming-out von Lesben in den späten sechziger Jahren, ist es finanzielle Eigenständigkeit. Lesben waren, sobald sie ihre Neigung lebten, und sei es nur, indem sie unverheiratet blieben, als Frauen sichtbar, die sich vom Gros der heterosexuell lebenden Frauen dadurch unterschieden, dass sie ihren Lebensunterhalt selbst verdienten. Und sie taten dies unter schwierigen Bedingungen, weil schlecht bezahlt. Lehrerinnen, Bibliothekarinnen, Frauen in Männerjobs, wer Spuren lesbischer Geschichte sucht, wird in der Geschichte der Berufstätigkeit von Frauen fündig – die wenigsten Lesben waren und sind Gertrude Steins und Nathalie C. Barneys, denen finanzielle Unabhängigkeit in den Schoß gelegt wurde.

Zurück zur Liebe. Eine lesbische Liebesbeziehung ist demnach eine zwischen zwei wirtschaftlich unabhängigen Frauen.

Das ist eine Regel, die bereits galt, lange bevor die Berufstätigkeit von Frauen zum gesellschaftlich akzeptierten Normalfall wurde. Dieser immer schon emanzipatorische Aspekt im Leben homosexueller Frauen unterscheidet unsere Geschichte im übrigen auch wesentlich von der Geschichte männlicher Homosexualität. Wirtschaftliche Unabhängigkeit von Männern war stets gesellschaftskonform.

In dieser Hinsicht sind lesbische Frauen also schon lange Avantgarde, und wann immer in den letzten zweihundert Jahren eine Bewegung sich als Avantgarde hervortat, war dies jedesmal ein Blitzlicht, das, oft nur als Nebenprodukt, auch unabhängige Frauen für die Öffentlichkeit sichtbar machte. Unter ihnen waren jeweils nicht wenige Frauen, die dem eigenen Geschlecht offensichtlich mehr zugetan waren als üblich.

Unser Leben und Lieben ist traditionsbedingt stark geprägt von der Notwendigkeit und Errungenschaft der Unabhängigkeit. Die Tradition der romantischen Liebe hingegen setzt den freiwilligen oder erzwungenen Verzicht von Frauen auf Unabhängigkeit voraus.

Inzwischen, dies nur nebenbei, haben die gesellschaftlichen Entwicklungen Lesben an diesem Punkt eingeholt. Finanziell unabhängige Frauen sind zur Norm geworden, wenn auch nicht zur einzig existierenden und auch wenn dies eine Errungenschaft ist, die im Familienfalle sehr schnell in Gefahr gerät.

Noch immer können Männer schwerere Waschmaschinen tragen und Frauen besser schwanger sein, aber schon beim Einparken haben die Charakterzuweisungen qua Geschlecht entgegen weitverbreiteter Boulevard-Mythen ausgedient. Die romantische Liebe und die auf lebenslänglich angelegte Ehe funktionieren nicht mehr, wenn Frauen einparken und Geld verdienen und Männer Waschmaschinen nicht nur tragen, sondern auch bedienen und Windeln wechseln können.

So erklärt sich übrigens auch, dass die Scheidungsrate in der DDR immer höher war als die der Bundesrepublik. Hier war die Ehe angesichts einer fast hundertprozentigen Berufstätigkeit von Frauen als Versorgungsgemeinschaft wirtschaftlich überflüssig geworden, auch wenn sie ein wichtiges Mittel zum Zweck der Wohnungssuche war. Die romantische Liebe allein hält wohl in den seltensten Fällen ein ganzes Leben. Historische Ironie ist am Ende vielleicht, dass die Institution der homosexuellen Ehe just in dem Moment eingeführt wird, in dem die Ehe ihre Tauglichkeit auch für Hetero-Biographien mehr und mehr verliert.

Was hat das alles mit der Beziehung von Lesben zu ihren verflossenen Lieben zu tun? Eine ganze Menge, denn es sagt viel über die Kluft zwischen unserer Lebensrealität und unserer Sehnsucht. Der Unabhängigkeit stehen Bilder und Fiktionen von Liebe und Beziehung, von Verschmelzung und immerwährender romantischer Liebe gegenüber, die schwer mit der Identität einer selbständigen Frau zu vereinbaren sind. Diese Bilder waren allerdings lange die einzigen, die als Stoff für Liebesträume und Sehnsüchte verfügbar waren. Jahrhundertealte Role Models, das hierzulande noch immer prägende Familienideal und die meisten gesellschaftsgängigen persönlichen Lebensziele orientieren sich nach wie vor an diesen traditionellen Bildern.

Unsere Sehnsucht und unsere Realität klaffen zwangsläufig weit auseinander. Unabhängigkeit ist wirtschaftlich und psychisch existenziell für uns, sie ist unabdingbar, um unser

Leben überhaupt leben zu können. Sie aufzugeben ist kein Opfer für eine gute Sache, sondern lebensgefährlicher Leichtsinn. Soviel zur Realität. Gleichzeitig werden unsere Sehnsüchte oft von einem Liebesideal gespeist, das die Aufgabe von Unabhängigkeit und wirtschaftlicher Autonomie erfordert, das Zurückstellen der eigenen Wünsche und Zielvorstellungen hinter denen einer Partnerin. Natürlich gibt es inzwischen auch andere Bilder von Liebe und Beziehung, aber die Spuren der alten Idee der großen romantischen Liebe halten sich hartnäckig in unseren Träumen. Dabei kann diese für uns überhaupt nicht oder nur in den seltensten Fällen funktionieren, weil Unabhängigkeit für uns so wichtig ist.

Wenn aber die traditionellen Vorstellungen von Liebe, Ehe und Beziehung, die die Verteilung der Rollen und Aufgaben über das biologische Geschlecht klar regeln, auf lesbische – und insgesamt auf moderne – Beziehungen nicht übertragbar sind, zieht das nach sich, dass in unseren Beziehungen nichts naturgegeben ist. Nichts ist klar, alles möchte erst entschieden werden. Wir haben keine Alternative zur Auseinandersetzung – Verdrängung vielleicht, aber diese bedeutet meist nur eine zeitliche Verschiebung. Wir können entscheiden, dass Entscheidungen für bestimmte Lebensbereiche nicht gemeinsam getroffen werden, aber was gemeinsam entschieden werden soll und was nicht, muss auch erst auseinandergesetzt werden.

Zudem besteht das Leben eines Menschen heute mehr denn je aus vielen Bereichen. Arbeit, Freundschaften, Familie, das Ausleben aller möglichen Interessen – die Liebesbeziehung muss nicht in alle Bereiche hineinwirken. Wer unabhängig und selbstbestimmt sein möchte, begreift es eher als ein Wagnis, wenn sie das tut. Verzicht auf die Verwirklichung eigener Wünsche ist ein Risiko, das sich bitter rächen kann. Da die lebenslange Dauer einer Beziehung erfahrungsgemäß eher unwahrscheinlich ist, wird nach dem Ende jeder Verzicht auf die Verzichtende zurückfallen. Liebesopfer hat schon manche Frau nach der Liebe bitter bereut. Beziehung ist sofort viel mehr Machtkampf, wenn das Überleben danach mitgedacht wird. Denn auch wenn jede Liebe am Anfang auf Dauer angelegt ist und wir stets aufs neue an ihre Haltbarkeit glauben – im Hinterkopf hat sich die Erfahrung ihrer Vergänglichkeit eingeschrieben.

Beziehungen sind für uns – empirisch und unter Ausschluss des Herzens betrachtet – vorübergehende Einrichtungen geworden, die eine Weile halten und dann zerbrechen. Nicht, weil man nicht zueinander passte, sondern weil die jeweiligen Entwicklungen nicht in einem gemeinsamen Leben zu verwirklichen waren. Was tun, wenn bei der einen der Karrierefall eintritt und einen Ortswechsel verlangt? Verzichten, umziehen, Fernbeziehung? Was tun, wenn Entwicklungen sehr unterschiedlich verlaufen und Entscheidungen mit oder ohne Kompromisse gefällt werden müssen? Auch hier gab es noch nie Role Models, die für Lesben zutreffend gewesen wären – für Beziehungen unter gleichberechtigten PartnerInnen kann es keine Patentlösungen geben.

Wir sind unabhängig und empfinden es als unverzichtbar und richtig, unser Leben so einzurichten, dass es auch im Single-Sein gut funktioniert. Das Glück nicht vom Warten auf die große Liebe abhängig zu machen, die vielleicht nicht kommt oder doch kommt und dann bald wieder geht, ist eine der Konsequenzen aus dem verbreiteten Lebensmodell der seriellen Monogamie. Viele von uns sind so organisiert, dass die Pausen zwischen den Leidenschaften nicht leidende Phasen sind und als Zeiten des Mangels empfunden werden. Das Leben hat mehr Säulen als die Liebe. Wir haben uns und unsere Leidenschaften, Genüsse und Interessen breiter verteilt, auf Freundinnen, Beruf, kulturelle Vorlieben, politisches Engagement – das alles steht und fällt nicht mit dem Vorhandensein einer Liebesbeziehung.

Und dann verliebt man sich. Ist es nicht absurd, das, was frau vorher so weitflächig verteilt hatte, jedesmal erneut zusammenzuraffen und mit einer einzigen Frau teilen zu wollen? Wir wissen, dass es Frauen und FreundInnen gibt, mit denen wir gern rotweinselig bis in die frühen Morgenstunden den Lauf der Welt betrachten und bereden, andere, mit denen wir die Alpen überqueren, wieder andere, mit denen wir die Vorliebe für gutes Essen teilen, und es gibt die, mit der wir tanzen, ins Kino gehen, usw. Diese Menschen und Interessen sind wichtig und bleiben es auch dann, wenn die Liebe eine wieder ereilt. Wir führen jenseits unserer Lieben kein Ersatzleben, sondern das Leben, das uns entspricht. Aus diesem Leben heraus begegnen wir einer Frau und verlieben uns – manchmal. Und dann setzt die Tendenz ein, das abzubrechen, was wir vorher getan haben. Die eine fängt an, ihr Leben zu ändern und gibt Dinge auf, die ihr eben noch wichtig waren. Hört portionsweise auf, die zu sein, in die sich die andere verliebt hat – in eine eigenständige Frau mit einem eigenständigen Leben. Oder es krempeln gleich beide ihr Leben um. Und keine weiß, ob sie auch die Frau lieben wird, die exklusiv auf sie bezogen mit ihr lebt. Vielleicht wäre es klüger, mehr auf dem eigenen Leben zu beharren. Wenn beide sich selbst aufgeben, wer soll dann noch wen lieben?

Als aufgeklärte Frauen können wir sehr viel und vieles sehr schnell: miteinander ins Bett gehen, Träume träumen, Wünsche formulieren. Aber irgend etwas klemmt an diesem Beziehungsmodell für zwei, die sich so intensiv aufeinander beziehen. Zu einer guten Ehe gehören bekanntlich mehr als zwei Personen, und eine wichtige Voraussetzung für eine längerfristig funktionierende Beziehung ist, unser auf Weite angelegtes Leben nicht zu leugnen. Uns nicht von der großen Bandbreite unseres Lebens zu verabschieden in die Enge einer klassischen Beziehung, die durch Abhängigkeiten geprägt ist. Dabei geht es nicht zwangsläufig darum, das Modell der Monogamie um jeden Preis fallenzulassen. Wenn Monogamie für uns ein wichtiger Ausdruck von Sicherheit und Achtung ist, dann lasst uns eben monogam leben. Es geht darum, in dem Moment, wo der Alltag, die Gewohnheit und die sie begleitenden Konflikte in einer Beziehung beginnen, die Weite unserer Leben zuzulassen. Die Liebesbeziehung kann nur ein Teil dessen sein. Das macht sie nicht unbedingt weniger exklusiv, aber freier.

Freiheit von Zwängen oder Abhängigkeiten bedeutet allerdings auch, dass Verbindlichkeit in Liebesbeziehungen zu einem großen Teil von Begehren und Emotionen getragen wird. Und das ist ein sehr viel schwereres Unterfangen. Sachzwänge können beruhigen, sie sind zuverlässig und schwerwiegende Argumente. Das Begehren hingegen ist, wenn nicht grundsätzlich endlich, so doch mindestens eine sehr launische Säule der Verbindlichkeit. Und auch Emotionen können außerordentlich wankelmütig sein. Freiwillige Formen von

Verbindlichkeit, die sich als krisenbeständig erweisen, müssen in Liebesangelegenheiten wohl erst noch erfunden werden.

Natürlich ist Ernüchterung in Liebesbeziehungen kein lesbisches Privileg, ihre spezifischen Folgen jedoch vielleicht schon. Wenn die Liebe zwischen Mann und Frau vergangen ist, bleiben oft die Institution Ehe, finanzielle Abhängigkeit und die Bindung an die gemeinsamen Kinder bestehen. Wenn diese Verbindlichkeiten wegfallen, ist Trennung eine naheliegende Alternative. Gehen geht immer. Es gibt für Lesben oft wenig äußere Zwänge, meist keine gemeinsamen Kinder, die das Zusammenbleiben auch gegen den mindestens zeitweiligen Verlust von Liebe und Leidenschaft vernünftig erscheinen lassen. Manchmal ist das vielleicht schade, und manchmal würde sich ein längerer Atem vielleicht auch lohnen. Aber wir leben mit dem verinnerlichten Grundsatz, dass wer leidet, brechen sollte, bevor Selbstmitleid und Masochismus die Oberhand gewinnen und ein schrumpfendes Selbstwertgefühl unsere Unabhängigkeit in Frage stellt. Also geht eine und was bleibt, ist – die Liebe. Manchmal.

Unabhängigen Menschen fällt es möglicherweise leichter, einen Schlußstrich zu ziehen. Ich bin mir nicht sicher, ob sich daher behaupten ließe, Lesben hätten eine längere Tradition der Trennung, eine Art geschichtlich bedingter Geübtheit. Real erlebte Trennungsdramen lassen schwere Zweifel an der These einer solchen besonderen Kompetenz durchaus zu. Sicher aber sind zwei Dinge. Erstens gehört zu den Entwicklungen der neueren lesbischen Geschichte die Bildung einer lesbischen Community, die mal Fluch, mal Segen sein kann. Der Fluch: Frau kommt nicht umhin, sich wieder zu begegnen. Der Segen: Frau kommt nicht umhin, sich wieder zu begegnen. Und: Frau findet immer wieder eine neue Liebe. Zweitens sind Lesben Frauen. Und Frauen sind die von Kindesbeinen an auf soziales Verhalten und zur Aufrechterhaltung sozialer Beziehungen getrimmte Hälfte der Menschheit. Wir sind Meisterinnen der Freundschaft, weil wir nicht anders können und nicht anders wollen – weil für viele von uns Freundschaften das wichtigste soziale Netz darstellen. Vielleicht trennen wir uns am Ende manchmal schneller, haben dafür aber nach dem Ende oftmals mehr miteinander zu tun. Und damit sind wir beim Thema der mannigfaltigen Beziehungen zur Ex-Geliebten.

Was ist eigentlich eine Ex? Eine Ex ist eine Frau, mit der dich einst eine Liebesbeziehung verband, in der die schlimmste aller Möglichkeiten, Verlassen werden oder Verlassen, am Ende eingetreten ist. Eine befreundete Ex ist der überzeugende Beweis dafür, dass sich die Katastrophe überleben lässt. Das beruhigt. Das macht die Beziehung zur Ex zu einer sehr verlässlichen, weil die schlimmste aller anzunehmenden Möglichkeiten bereits eingetreten ist und trotzdem von beiden überlebt wurde. Vielleicht hat sie daher sogar etwas Tröstliches. »Ex-« scheint im Gegensatz zur Geliebten ein Bezug, der überdauert, unverwüstlich und unvergänglich. Es gibt ein Leben nach dem Ende, und das ist als Idee – unglaublich romantisch.

Modelle der Verbindlichkeit für unabhängige Menschen zu entwickeln ist die Herausforderung, die Liebesbeziehungen im frühen 21. Jahrhundert meistern müssen. Erstaunlicherweise werden mögliche Modelle hierfür in manchen lesbischen Ex-Beziehungen eher entwickelt als in Liebesbeziehungen. Da nehmen wir die breite Fächerung unserer Leben als gegeben hin; wir wissen, dass wir nicht alles haben können und wollen und einander trotzdem nicht verlorengehen. Wir nehmen in unseren Ex-Beziehungen und in unseren Freundschaften eine moderne Beziehungsform vorweg. Im wirklichen Lieben hinken wir dem noch etwas hinterher – sei's drum. Scheitern ist das Privileg der Pionierin.

Die Ex als Freundin, Lebensberaterin, Mitbewohnerin, Privatkreditgeberin, Krankenpflegerin, Co-Mutter und Partnerin für die Altersplanung – zusammen mit den lebenden Beweisen unseres Scheiterns in der Liebe haben wir die lebendige Kultur der Schönheit des Scheiterns erfunden. Durch die Hintertür haben wir eine eigene, neue Bastion des Romantischen geschaffen, eine nüchterne, streitfreudige, verbindliche Romantik. Und wir sind damit in den letzten vierzig Jahren zu Trendsettern moderner Beziehungsformen geworden, denn mehr und mehr wirft die gegenwärtige Singlegesellschaft die Frage auf, wie sich soziale Verbindlichkeiten in diesem Rahmen gestalten lassen. Die lesbische Ex-Kultur ist nicht die schlechteste Antwort.

Wahre Liebe da, wo die Liebe einst war

Späte Wahrheiten

Auf dem Tisch standen zwei Weizenbiergläser mit je zehn roten Rosen. Es war Marianne nicht entgangen, dass ihre röter waren, eindeutiger rot. Ihre, das waren die, die sie Inge geschenkt und nicht die, die sie bekommen hatte. Inges, also jetzt ihre, Mariannes, waren eher orangerot. Himmelherrgott, meine und deine, das war aber auch kompliziert und das jetzt immer noch, so viele Jahre nach der Trennung.

Nein, das war nicht abgesprochen gewesen. Sie hatte Inge für heute zum Essen eingeladen, ohne Angabe von Gründen. Und dann waren sie beide, Inge natürlich zwanzig Minuten zu spät, weil hier einen Parkplatz zu finden eine wahre Katastrophe war, mit roten, also mit richtig roten und orangeroten Rosen angekommen. Inge hatte schon, bevor sie überhaupt ein Auto besaß, nie einen Parkplatz gefunden, Inge war schon immer zwanzig Minuten zu spät gekommen. Aber nicht deswegen hatten sie sich auf den Tag genau vor zehn Jahren getrennt.

»Du hast auch dran gedacht.« Inge hatte sich mindestens so sehr gefreut wie sie selbst. »Und das, wo du meinen Geburtstag meistens vergisst.«

Meistens war gelogen, einmal, ja, und einmal war es Marianne um Viertel vor zwölf eingefallen, sie hatte sofort angerufen, und dann war es einen Tag zu früh gewesen. Aber das war ja etwas anderes als vergessen.

Marianne hätte das Glas Wein, das jetzt fast leer vor ihr stand, nicht mehr bestellen sollen. An der Theke hielt Gino, der Wirt, die Weinflasche in die Höhe und deutete auf ihr Glas. Sie schüttelte entschieden den Kopf. Ach was, sie brauchte sich nichts vorzumachen, sie hatte so viel getrunken, weil sie sich so fühlen wollte, wie sie sich jetzt fühlte. Sentimental, weise und gewillt, einige Wahrheiten, um die sie beide wussten, in Worte zu fassen. Der ganze Abend war nichts anderes als der von Inge und ihr inszenierte Rahmen für wechselseitige Bekenntnisse.

»Marianne, es ist schön, dich älter werden zu sehen. Quatsch, ich meine, es ist schön, dass ich älter werde und wir immer noch zusammen sind. Das ist schon wieder Blödsinn, dabei ist es ganz einfach: Es ist schön, dich so lange zu kennen.«

»Du meinst, es ist schön, dass wir zusammen älter werden, so zusammen wir eben können und wollen.«

»Genau so.«

Älter werden. Vor vier Jahren war Marianne das Älterwerden wie ein Spieß in den Rücken gefahren. Doppelter Bandscheibenvorfall hieß die Diagnose. Für sie hatte das ein Fiasko bedeutet. Bis dahin hatte sie als Schreinerin gearbeitet. Die Theke und die Flaschenregale hier in Ginos Trattoria waren ihr Werk, und nicht wenige Restaurants in Stuttgart und Umgebung waren von ihr ausgebaut worden. Der Vorfall hatte dem radikal ein Ende bereitet.

»Ich würde sagen, wir haben genau das Richtige falsch gemacht damals, sonst würde es sich jetzt nicht so richtig gut anfühlen.«

Nicht dass sich damals irgend etwas richtig angefühlt hätte, aber das war so lange her, dass Marianne sich nur noch schemenhaft an die Irren und Wirren ihrer Trennung erinnerte.

»Liebe Marianne, wenn alles an dir so wunderbar wäre wie deine Weisheiten, hätte ich dich nie verlassen.«

War das ein Kompliment oder ein Angriff? Gino brachte die Rechnung und fragte, ob er ihnen noch ein letztes Getränk ausgeben dürfe. Er durfte. Inzwischen kam sie seltener hierher; früher war Gino ihr verlängertes Wohnzimmer gewesen. Nach der Trennung hatten sie das Restaurant zwei Jahre gemieden, die Zeit, die sie gebraucht hatten, um erst nicht miteinander zu sprechen, dann furchtbar miteinander zu streiten und schließlich eine für sie passende Form der Freundschaft zu finden. Als sie nach alledem wieder zu zweit hier aufgetaucht waren, hatte Gino zu Marianne gesagt, er sei sehr glücklich, sie wieder zusammen zu sehen. Wahrscheinlich trafen sie sich deswegen immer wieder hier, weil die Zeit hier ein wenig ausgehebelt war, weil dieser Ort so viel von ihrer gemeinsamen Geschichte gesehen hatte.

»Was willst du mir damit sagen, Inge? Was stimmt nicht mit meinen Weisheiten?«

»Gar nichts. Ich liebe es, mir die Welt mit deinen Worten im Ohr anzusehen.«

»Und das weniger Wunderbare?«

»Hör mal, Marianne, ich habe dir gerade ein riesiges Kompliment gemacht. Kannst du das nicht so stehen lassen?«

Könnte sie, wollte sie aber nicht. Wahrheiten wollte sie, schonungslos. Sie trank noch einen Schluck Wein. In den letzten Monaten hatten sie sich nicht oft gesehen. Marianne war vor einem Jahr ins Stuttgarter Umland gezogen, weil sie die Nase von der Kesselluft endgültig voll hatte. Seitdem waren Verabredungen aufwendiger und ihre Freundschaft telefonischer geworden. Inge lebte seit acht Jahren im Stuttgarter Westen mit ihrer Freundin Gundula zusammen. Zusammenwohnen, für Marianne war das immer ein Tabu gewesen. Sie selbst hatte seit ein paar Jahren eine Geliebte, Veronika, der sie nach langem Ringen den Titel »Beziehung« zugestanden hatte. Aber auch als sie aufs Land zog, hatte sie sich nie die Frage gestellt, ob sie dies zusammen mit Veronika tun sollte. Inge fand das albern. Nein, anders. Inge fand, dass Pragmatik und Liebe sich keinesfalls ausschlossen und verstand die beharrliche Umständlichkeit nicht, mit der Marianne die angeblich einfachsten Dinge im Leben hinterfragte. Wenn man sich liebte, wenig Zeit hatte, große Wohnungen schöner waren als kleine und sich beide auf den Kauf desselben Sofas einigen konnten, zog man eben zusammen. Wo war das Problem? Unabhängigkeit? »Eigentlich bin ich doch viel unabhängiger als du, weil ich schlicht und einfach so lebe, wie ich leben möchte. Aber du bist immer mit der Angst beschäftigt, irgend jemand könnte dich davon abhalten, das zu machen, was du eventuell machen wollen könntest. Ich weiß nicht, ob das Unabhängigkeit ist«, hatte Inge ihr einmal an den Kopf geworfen. Inge konnte ein Biest sein, aber sie war nicht dumm.

»Ich würde wahnsinnig werden, wenn ich die Welt immer so sehen müsste wie du«, fügte Inge hinzu.

»Du denkst, ich bin wahnsinnig.«

Man konnte sich Wahrheiten eben nicht aussuchen. Gino brachte zwei Gläser Grappa. Wahrheit hin, Wahrheit her, der würde zuviel sein. Sie würde bei Veronika übernachten müssen. Inge griff entschlossen nach ihrem Glas.

»Nachdem ich so lange nach einem Parkplatz gesucht habe, behalte ich den auch gerne bis morgen. Ich nehme ein Taxi. Prost.«

»Auf den Wahnsinn. Prost.«

Inge setzte ihr Glas ab und nahm Mariannes Hand.

»Nein, ich denke nicht, dass du wahnsinnig bist. Es ist ja andersrum genauso – wenn du so leben müsstest wie ich, würdest du wahnsinnig werden. Das heißt aber noch lange nicht, dass ich wahnsinnig bin.«

Wahnsinnig nicht, aber Inges schneller Wechsel zwischen Bequemlichkeit und kompromissloser Konsequenz hatte Marianne immer beeindruckt. Inge hatte lange Jahre als Sozialarbeiterin in einem Heim für Schwerbehinderte gearbeitet, bis sie eines Morgens aufstand und sagte, es reicht. Sie ging zum Arzt, ließ sich krank schreiben, dachte zwei Wochen darüber nach, was nun kommen sollte, und entschloss sich zu einem Aufbaustudium Tourismus und Ökologie, von dem ihr alle anderen wegen ihres fortgeschrittenen Alters abrieten. Sie lieh sich Geld von Marianne, zog das Studium durch, und heute organisierte sie naturgerechte Seniorenreisen für den Tourismus-Marketing-Verband Baden-Württemberg.

Oder nach Mariannes Bandscheibenvorfall – da war Inge kurzentschlossen für die ersten vier Wochen nach der Operation bei ihr eingezogen und auch später noch lange täglich bei ihr vorbeigekommen. Angesichts des beruflichen Desasters, das dieser Einschnitt bei Marianne auslöste, hatte Inge sie fast gezwungen, so schnell wie möglich zur Berufsschullehrerin umzusatteln. »Du hast sowieso viel zuviel gearbeitet. Das tut dir ganz gut – geregelte Arbeitszeiten, regelmäßige Ferien, ordentliches Geld und keine Nachtschichten mehr.« Marianne war damals in eine ausgewachsene Depression gefallen, fühlte sich entscheidungsunfähig und zweifelte stark an ihrem Talent im Umgang mit halbstarken Jungs. »Natürlich kannst du das. Du hast dich dein Leben lang mit Kunden rumgeschlagen, die alles besser wussten als du und die dir am Ende recht gegeben haben. Die halben Portionen steckst du doch in die Tasche und gern haben wirst du sie am Ende auch noch.« Inge hatte recht behalten. Sie hätte nie gedacht, dass sie auf sechzehn- bis zwanzigjährige Kerle, wie Marianne die Jungs insgeheim nannte, offensichtlich viel Charme und noch mehr Autorität ausstrahlte.

Sie hatte ihre eigene Werkstatt schließlich verkauft, schreinerte und schnitzte aber weiter, kleinteilig, Kunsthandwerk. Früher hatte sie dieses Wort nur verächtlich aussprechen können. Aber vielleicht ging da ja noch was – wenn die Kerle doch irgendwann zu sehr an ihren Nerven zehren sollten. Sie könnte sich eine kleine Werkstatt in ihrem Gartenschuppen einrichten, klitzeklein, und ab und zu eine Ausstellung hier in der Gegend. Baden-Württemberg konnte in diesen Dingen eine Goldgrube sein. Dieser heimliche Traum gehörte allerdings zu den Wahrheiten, die sie Inge noch ein Weilchen verschweigen wollte.

Inge hielt weiter ihre Hand. Marianne konnte nicht widerstehen, hob Inges Hand zu ihren Lippen und küsste sie.

»Inge, du bist vor allem wahnsinnig klug heute. Nein, nicht nur heute. Das habe ich immer an dir geschätzt. Die Klugheit, nicht die Dinge und die Menschen selbst ändern zu wollen, sondern statt dessen den Raum zu schaffen, der ihnen gerecht wird.«

»Jetzt bist du wohl dran mit den Komplimenten. Und das war ein sehr schönes und großes, weißt du das?«

Sie sah Inge an. Inge war die einzige blonde Frau, mit der sie je eine Beziehung gehabt hatte. Ja, sie waren älter geworden, Inge hatte dichte Krähenfüße, durch die ihre sehr blauen Augen noch intensiver strahlten, und seit ein paar Jahren zeichneten sich feine senkrechte Falten auf ihrer Oberlippe ab. Inge war eine schöne Frau, das hatte sie vor zwanzig Jahren gefunden, und das fand sie immer noch.

»Schöne, große Frauen verdienen ebensolche Komplimente. Inge, ich habe mich oft so an dir abgearbeitet. Wir sind unglaublich verschieden und trotzdem – wenn ich eine Entscheidung treffe, bist du diejenige, die ich davon überzeugen muss, dass sie richtig ist.«

Verschieden war untertrieben. Sie hatten sich nie ohne Worte verstanden, sie hatten sich einfach alles, was sie dachten und fühlten, endlos gegenseitig erklären müssen, um sich verständlich zu machen. Was ihnen zu Zeiten ihrer Liebesbeziehung immer schlechter gelang. Aber inzwischen war Inge zum Gradmesser für die Richtigkeit ihrer Gedanken geworden. Wenn sie Inge eine Entscheidung überzeugend vermitteln konnte, wusste sie, dass die Entscheidung richtig war. Dazu musste Inge nicht ihrer Meinung sein, sie musste einfach nur begreifen. In diesem Punkt vertraute sie Inge blind, Inge war die große Autorität in ihrem Leben. Nicht dass sie das nicht auch manchmal verfluchte, aber sie brauchte Inges Anerkennung.

»Klar«, sagte Inge, »wenn ich begriffsstutziges Ding es auch kapiert habe, ist deine Entscheidung sozusagen rechtskräftig.«

Die Zischlaute von »begriffsstutzig« und »rechtskräftig« klangen schon etwas vernuschelt, das beruhigte sie, also entsprach Inges Wahrheitspegel in etwa dem ihren.

»Geht dir das auch so?«

Gino schloss das Restaurant ab, wienerte die Theke und wechselte das ewige Licht unter dem Porträt des am Vortag verstorbenen Johannes Paul II. »Ich wusste gar nicht, dass du so fromm bist«, hatte sie zu Gino gesagt, während sie auf Inge wartete. »Ich bin nicht fromm«, hatte er erwidert. »Ich bin katholisch, aber das hatte ich eigentlich längst vergessen. Und jetzt ist meine Tochter nach Rom durchgebrannt, einfach mit ihrem Freund getrampt, schwänzt die Schule und schläft mit ihm in einem Schlafsack. Giovanni Paolo kriegt eine Kerze, damit sie heil zurückkommt und vor allem nicht schwanger, verdammt, diese Niete.« – »Johannes Paul?« – »Ach was, nicht der Papst, den kenn ich ja nicht. Aber ich kenne Max, Annas Freund. Der ist nett und freundlich und sehr verliebt, aber aufpassen kann der nicht. Sei froh, dass du keine Kinder hast.«

Kinder. Sie und Inge hatten damals viel über eigene Kinder nachgedacht. In diesem Punkt waren sie sich erstaunlich einig gewesen, und sie hatten sich schließlich zusammen gegen Kinder entschieden. Auch das hatte sie in den Jahren nach ihrer Liebesbeziehung verbunden, vor allem weil beide dieser Entscheidung treu geblieben waren. Obwohl Marianne das manchmal bereute, auch das war eine Wahrheit. Aber immerhin hatten sie sich beide entschieden – eine nie gefällte Entscheidung, die allein von der Zeit getroffen wurde, schien ihr viel bedrohlicher.

Inge hatte zwei Nichten, die inzwischen 21 und 23 Jahre alt waren. Inge und Marianne hatten die beiden von Kindesbeinen an begleitet, gemeinsame Wochenenden und später auch Urlaube; sie und Inge waren zu den lässigen Tanten für alle Lebensfragen geworden und bis heute geblieben. Jana, die jüngere, hatte vor fünf Jahren mitten in der Nacht bei ihr angerufen – sie sei von zu Hause abgehauen und erst einmal bei ihrem Freund untergekommen, aber bitte kein Wort zu den Eltern und Inge. Marianne hatte damals die Wogen geglättet. Sie schleppte Jana zur Frauenärztin, um ihr die Pille verschreiben zu lassen, und überzeugte die Eltern davon, dass dieser Schritt vernünftig war. Geschwiegen hatte sie hingegen über Janas offensichtlich großzügigen Konsum von Extasy und anderem Zeug, das Marianne noch nicht einmal kannte. Jana hatte sich wenige Monate später berappelt, aber Inge war entsetzlich wütend, na ja, eifersüchtig gewesen. Marianne hätte das alles mit ihr besprechen müssen – sie sei verantwortungslos und selbstherrlich. O ja, streiten hatten sie immer schon gekonnt. Das hatte sich bis heute nicht geändert.

»Ja, Marianne, das geht mir auch so. Ich sehne mich nach deiner Zustimmung für meine Entscheidungen. Manchmal beunruhigt mich das fast. Weißt du, ich war ja schon immer sehr glücklich mit Gundula, aber an dem Tag, an dem du gesagt hast: Hör auf, mit Gundula zu zicken, so geht man mit der Liebe seines Lebens nicht um, da war ich die glücklichste Frau der Welt.«

»Erstaunlich.«

»Ja, erstaunlich.«

Marianne und Gundula begegneten sich mit höflichem Respekt. Nach ihrem Bandscheibenvorfall hatte sie Inge vorsichtig gefragt, ob Gundula nicht protestiert hatte gegen Inges Einzug bei ihr. »Wie? Natürlich kommt sie damit zurecht. Was ich tue, ist erstens notwendig, zweitens meine Entscheidung, und drittens wünscht dir Gundula gute Besserung.« Für Inge waren die Dinge ganz einfach. Wenn Marianne sich hingegen fragte, was sie wohl mit Inge verband und welche Rolle Inge in ihrem Leben spielte, stellte sich heraus, dass die Dinge sehr kompliziert und vielschichtig waren – obwohl es sich vorgeblich um dieselben Dinge handelte.

Gino wischte zum vierten Mal die makellos glänzende Theke. Es war Zeit aufzubrechen. Beim Hinausgehen schwankten sie beide leicht. Als sie mit ihren Rosensträußen vor der Tür standen, legte Marianne den Arm um Inge und drückte sie an sich. Eine Wahrheit musste sie noch loswerden.

»Inge ...«

»Frische Luft tut jetzt echt gut.«

»Weißt du, dass ich ...«

»Mensch, es ist ja noch richtig warm, und endlich riecht man den Frühling auch.«

»Weißt du, Inge, ich ...«

Inge packte sie am Arm. »Du gehst doch zu Veronika, oder? Ich verbiete dir, jetzt noch Auto zu fahren!«

»Inge, weißt du, dass ich dich ...

»Ha, da ist ja schon ein Taxi. Weißt du, was ich glaube? Wir sind total betrunken!«

Inge hielt das Taxi an und stieg winkend ein. Als der Wagen anfuhr, riss sie noch einmal die Tür auf und brüllte: »Du bist ein Dummkopf! Ich dich auch, aber das tut doch nichts zur Sache!«

Lesbische EXtravaganzen

»Es gibt zwei Arten von Trennung. Entweder man trennt sich, weil eine Beziehung zu Ende ist, dann ist die Trennung der Schlusspunkt. Oder man ändert mit der Trennung einfach nur grundsätzlich die Ebene, auf der die Beziehung stattfindet, aber man führt sie weiter. Dann hat man eine Ex-Beziehung. Leider kann man während der Trennung nicht überschauen, um welche Art es sich handelt.«

Wer hat eigentlich die Lüge von der lesbischen seriellen Monogamie erfunden? Von wegen Monogamie! Allüberall verlieben sich Frauen in Frauen und fallen bald genug aus allen Wolken des siebten Liebeshimmels, weil sie feststellen müssen, dass ihre neue Traumfrau bereits in mindestens eine andere Beziehung eingebunden ist – ihre Ex-Beziehung.

Vielleicht stimmt es ja, dass eine Liebesbeziehung die bewusste Entscheidung bedeutet, bestimmte Lebensbereiche exklusiv und monogam mit einer Person zu leben. Damit ist nur so gar nichts über Art und Beschaffenheit der Bereiche gesagt, die der Monogamie zugerechnet werden. Sexuelle Polygamie scheint nicht die ganz große lesbische Leidenschaft zu sein. Alltagsbezogene Monogamie und sexuelle Polygamie, das entspricht eher der schwulen Beziehungskultur.

Dieser Sexualisierung zwischenmenschlicher Begegnungen steht von lesbischer Seite eine Tendenz zur Verfreundschaftung gegenüber. Emotionale Polygamie bei vorwiegend monogamer Sexualität, und die dann gerne auch seriell, entspricht eher dem lesbischen Muster – es gibt verdammt viel, das wir mit vielen und nicht allzuviel, das wir nur mit einer bestimmten Frau wollen. Die Wohnform, kulturelle und spirituelle Interessen, politisches Engagement, Urlaub und sportlicher Bewegungsdrang, das alles sind Bereiche, die Lesben mit großem freundschaftlichem Commitment nicht unbedingt monogam besetzen. Würde man das Leben in seine unterschiedlichen Bereiche einteilen und die eher polygam gelebten Gebiete einkreisen, entstünden bei Heteros, Schwulen und Lesben jeweils völlig unterschiedliche Landkarten. Und die Bezüge zu Ex-Geliebten spielen in der lesbischen Polygamie-Variante eine wichtige Rolle.

Doch offensichtlich gibt es unterschiedliche Kategorien von Exen – andernfalls wäre der wachsende Kreis der vergangenen Lieben mit fortschreitendem Alter emotional auch nicht mehr zu bewältigen. Es gibt die, von denen frau formvollendet geschieden ist: Liebe vorbei, Scheidung überlebt, alles vorbei, eine Erinnerung mehr im Leben, fertig. Und es gibt die, die nach überstandener Trennung wichtige emotionale Bezugspersonen bleiben oder erneut werden. Hier kommt der schlicht pragmatische Ansatz zum Zuge, das Kind doch bitteschön nicht mit dem Bade auszuschütten, mit der Trennung keinesfalls die ganze Beziehung aufzukündigen und sich die gewesene Liebe als besonderen Bezugspunkt im Leben zu bewahren.

Besonders sind die lesbischen Ex-Beziehungen in doppelter Hinsicht. Zunächst sind sie einfach auffällig, weil diese Kultur im Vergleich zur heterosexuellen und weitgehend auch schwulen Restwelt ungewöhnlich ist. Es gibt wohl eine gesellschaftliche Regel, die besagt, der Normalfall sähe anders aus und müsse von klaren Schnitten, vehementem Schweigen, Vergessen und eindeutigen Neuanfängen geprägt sein, die den intensiveren und dauerhaften Kontakt zu ehemaligen Geliebten ausschlössen. Erst in den letzten Jahren begann diese Norm gesamtgesellschaftlich brüchig zu werden, aber die lesbische Ex-Kultur ist eine bereits über Jahrzehnte entwickelte und erprobte Gegentradition.

Die Beziehung zur Ex ist jedoch auch für sich genommen eine meist besondere Beziehung. »Wenn Ex-Geliebte nach der Trennung wieder miteinander zu tun haben, sind sie ganz normale Freundinnen«, widersprach eine Frau während eines Gesprächs sehr bestimmt dieser Behauptung, machte eine Pause und fügte hinzu, »nur anders.« Da waren wir uns wieder einig. So ähnlich hätte ich es spontan auch formuliert. Was verbindet Ex-Geliebte miteinander? Gerettete Freundschaft, abgespeckte Liebe oder sentimentale Nostalgie – was macht die Beziehung zu mancher Ex für viele Frauen so besonders? Wieso ist sie so wichtig, dass auch eine neue, heißentbrannte Liebe ihr wenig anhaben kann, selbst auf die Gefahr hin, dass die neue Liebe angesichts der massiven Ex-Präsenz merklich abkühlt? Sicher ist: Was die Beziehung zur Ex von anderen Freundschaften unterscheidet, ist zunächst ihr Beginn, der nie zart und verheißungsvoll ist wie andere Anfänge im Leben – am Anfang zur Beziehung zur Ex steht ein Ende, ein unerfreuliches und schmerzhaftes Ende. Die Trennung ist das letzte Kapitel der Beziehung und manchmal auch das erste der Ex-Beziehung, vor allem jedoch ist sie ein persönlicher Ausnahmezustand. Meines Erachtens lohnt es sich, diesen Bruch genauer anzuschauen, um zu verstehen, wie er zum Ausgangspunkt für eine oft erstaunlich krisenbeständige Verbindung werden kann.

Was sich liebt, das trennt sich ...

»Zwei Sätze darüber, warum man sich trennt? Erstens: Mitunter erreichen zwei Menschen gemeinsam einen Punkt, an dem sie das Gefühl haben, sich zusammen nicht mehr weiterbewegen zu können. Zweitens: Da die Erde sich aber weiterdreht, wird dieses Gefühl zu einer Bedrohung – man fürchtet stehenzubleiben, nicht mehr Schritt halten zu können, und nur Trennung scheint einen wieder ins wirkliche und selbstbestimmte Dasein katapultieren zu können. Weniger hochtrabend ausgedrückt: Man möchte einfach mit einer anderen vögeln. Aber das wäre schon der dritte Satz.«

Wie dem auch sei – Trennung ist immer die Folge eines Zuviel und eines Zuwenig. Zuviel Enge, zu wenig Spaß, zuviel Langeweile, zu wenig Gemeinsamkeiten, zuviel Streit, zu wenig Zeit, zuviel Eifersucht, zu wenig Sex, zuviel Kontrolle, zu wenig Sicherheit. Zu viele festgefahrene Rollen, zu wenig Raum für persönliche Entwicklungen. Trennung heißt nicht unbedingt, dass die Liebe vorüber ist, sondern dass die Form der Beziehung nicht mehr in die Lebensentwürfe beider gleichermaßen passt.

Vielleicht kommt noch ein typisch lesbisches Phänomen hinzu, denn was eben noch über die lesbische Polygamie behauptet wurde, gilt auch in einer umgekehrten Formulierung.

Zwar gibt es nicht vieles, das wir nur mit einer wollen, allerdings gibt es auch wenig, das wir nicht auch mit der einen möchten. Das führt nicht selten zu einer Überfrachtung der Liebesbeziehung. Die andere soll am liebsten alles von einzig Geliebter über gute Freundin, themenübergreifende Gesprächspartnerin, erotische Gespielin, sicherheitsspendende Familie, Reisegefährtin, Partybegleiterin und Lebensberaterin bis hin zur Tanzpartnerin sein. Irgend etwas muss dabei auf der Strecke bleiben. Hier grüßt noch einmal die romantische Liebe, die Sehnsucht nach der einen, mit der alles möglich ist. Für unsere heterosexuellen Mitmenschen hält das Konzept immerhin jene Hintertür offen, die inkompatible Interessen lakonisch mit dem Unterschied zwischen den Geschlechtern erklärt. Ich Mann, also gerne Fußball und ungern Theater, du Frau, also gerne Reden und ungern Actionfilm, ich meine Freunde, du deine Freundinnen. Das ist zwar Humbug, aber praktisch. So taugt die uralte und eigentlich unzeitgemäße Beziehungskultur von Mann und Frau nochmals dazu, individuelle Interessen zu rechtfertigen, indem sie Unterschiede zwischen Menschen als naturgegeben auslegt. Das kann, ohne Verlustängste hervorzurufen, die Freiräume schaffen, die jede Beziehung heute braucht. Die Tatsache, dass ich und du einfach zwei verschiedene Frauen sind mit unterschiedlichen Interessen und einem großen Bedürfnis nach beziehungsfreien Zonen im Leben, ist anscheinend schwer zu akzeptieren und erfordert immer wieder aufs neue, Grenzen und Gemeinsamkeiten auszuhandeln. Offenbar besitzt jede nicht als naturgegeben erklärte Abgrenzung in Beziehungen ein Verletzungspotential. An diesen Auseinandersetzungen kann frau scheitern: Sie trennt sich und löst ein gelebtes und gedachtes Wir, das als Einschränkung empfunden wird, auf. Mit oder ohne die Hilfestellung einer neuen Geliebten.

Trennung ist ein absoluter Nullpunkt, durch den zunächst alles, was war und ist, in Frage gestellt wird. Auch Willenserklärungen wie »Ich möchte weiterhin mit dir befreundet sein«, helfen da meist wenig. Beziehungen sind gemeinsam ausgehandelte und geschnürte Päckchen von Selbstverständlichkeiten und Verantwortung – das macht ihre Sicherheit aus. Diese werden nun allesamt aufgeschnürt und wieder an zwei einzelne Menschen verteilt, gemeinsam gelebte Sexualität wird beendet oder ihr Ende deutlich ausgesprochen. Das Herz verliert vorübergehend sein Zuhause, auch wenn es im Leben der einen eine neue Liebe gibt – ein Zuhause will geschaffen werden, und das braucht seine Zeit. Trennung bedeutet immer einen beträchtlichen Heimatverlust, auch für die, die geht. Ein einst gemeinsam geträumter Traum wird Vergangenheit, und die Vergangenheitsform von Traum ist Illusion.

Kurz, eine Ex ist erst einmal eine Frau, bei der sich alle Verlustängste als begründet erwiesen haben, der wahr gewordene Alptraum, ein personifizierter Lebensirrtum, die Verwirklichung der schlimmsten aller Möglichkeiten. Eigentlich Grund genug, ihr zukünftig möglichst selten zu begegnen. Also ist die umhegte Ex doch nur ein Zeichen für lesbischen Masochismus, der aus der Unfähigkeit resultiert, sich konsequent zu trennen?

Vielleicht. Andererseits ist jede Trennung ein Individuationsprozess, der am Ende ein Befreiungsgefühl mit sich bringt. Ich habe lange in den Beziehungen selbst und im Verlauf der Trennung nach Gründen gesucht, die erklären, warum einige ehemals Geliebte später Kontakt pflegen und andere nicht. Aber tatsächlich glaube ich – von Gewalt, Stalking und ähnlichen sehr heftigen psychischen und physischen Aggressionen abgesehen –, dass die Erklärung oft nicht dort zu finden ist. Wichtigste Voraussetzung ist, dass die Trennung zwar nicht im Verlauf, aber im Ergebnis von beiden Seiten schließlich als positiv empfunden wird. Weil sie neue Horizonte eröffnet, Veränderungen herbeigeführt, neue Begegnungen ermöglicht und eine fruchtbare Auseinandersetzung mit der eigenen Person ausgelöst hat. Trägheit ist ein bequemer, aber unbefriedigender Zustand; Beziehungen können träge sein, und sich trennen mag furchtbar sein, ist aber keinesfalls träge. Natürlich ist die Frage berechtigt, warum es so oft unmöglich scheint, das Problem des Stillstands innerhalb einer Beziehung zu lösen. Doch das ändert nichts daran, dass es bei Trennungen oft nicht nur um die Aufkündigung von Gefühlen geht, sondern vor allem auch um die Beendigung eines Zustands. Wenn sich nach der Trennung herausstellt, dass letzteres gewichtiger war als der Mangel an Gefühlen, ist das der erste Schritt zu einer vielversprechenden Ex-Beziehung.

Ist die Ex die bessere Geliebte?

»Das Besondere an der Beziehung zur Ex ist, dass man einer Frau gegenübersteht, die man einmal bedingungslos geliebt hat. Die Anerkennung für dieses vorbehaltlose Ja überlebt eben einfach. Liebe bedeutet schließlich auch Hingabe. Das, was ich von mir einmal hingegeben habe, das ist ja nach der Trennung nicht einfach wieder zu mir zurückgekommen, sondern bei der geliebten Frau ge-

blieben. Das hat sie, das behält sie, und wenn sie es gut hütet, bleibt die Beziehung zu ihr eine besondere.«

Wenn die Ex das vorgehaltene personifizierte Scheitern ist, ist die Beziehung zur Ex das, was nach der Sintflut kommt: der Hoffnungsschimmer am Horizont. Natürlich ist das Leben oft eine chronologische Aneinanderreihung von Fehlern und Irrtümern, die sich mit versöhnlichem Reflexionswillen zu einem mäandernden Mosaik von eher herber Schönheit zusammenfügen lassen. Trotzdem verhält es sich mit den meisten gewesenen Lieben eben nicht so, dass frau nur einmal mehr das Richtige mit der falschen Frau leben wollte. Die freundschaftliche, oft eigenwillig intensive Beziehung zur Ex ist die posthume Anerkennung des einstigen Versuchs, ein Stück Leben gemeinsam zu leben.

So gesehen ist sie das Gegenteil von Verleugnung. Die Ex-Beziehung kann Ausdruck einer großen Achtung der anderen sein, gekoppelt mit dem Eingeständnis, dass die gemeinsame Geschichte, wie schräg auch immer sie an manchen Punkten gewesen sein mag, von beiden gemacht und gewollt wurde. Beide erkennen die Bedeutung der anderen für ihr Leben an. Das wirft auf besagte Aneinanderreihung von Irrtümern ein Licht, in dem diese als sinnvolle Schritte einer Entwicklung erkennbar werden: Es war richtig, dass wir beide ein Stück des Weges in Form einer Liebesbeziehung miteinander gegangen sind. Die Beziehung zur Ex entspricht gewissermaßen der Absolution von Lebensirrtümern.

Das ist alles andere als masochistisch und allemal ein wichtiger Aspekt für die große Bedeutung, die Ex-Beziehungen im Leben vieler Lesben haben. So entdeckt manch eine die wahren Stärken einer Geliebten erst nach der Trennung von Bett und Begehren – und der fröhlich polygame Ex-Reigen beginnt. Mag auch sein, dass die Liebe bei vielen Lesben nicht nur durch den Magen, sondern auch durch Hirn und Zunge geht. Vielleicht ist das auch eine der heimlich überlebenden Traditionen aus den bewegten siebziger und achtziger Jahren. Da kam eine Liebesbeziehung – so sie nicht generell als bürgerlich-verspießte Lebensform abgelehnt wurde – in politisch ambitionierten Kreisen oft der Bildung einer feministisch-revolutionären Minimalzelle gleich. Die richtige politische Gesinnung und gemeinsame Aktivität stellten durchaus erotikfördernde Faktoren dar. Oder es zeigt sich hier einmal mehr, dass Frauen nach wie vor der leidenschaftlicher kommunizierende Teil der Menschheit sind – jedenfalls suchen wir uns gern Frauen, mit denen wir Interessen teilen, mit denen wir lachen und mit denen wir vor allem auch reden können. All das sind Dinge, die krisenbeständiger sind als Erotik und Alltagskompatibilität und die bleiben oder wiederbelebt werden können, wenn die Liebe einmal vorbei ist.

»Meine Ex ist eine Zicke, kann eine unglaubliche Nervensäge sein und ist ziemlich durchgeknallt, aber das alles stört nicht wirklich – so war sie ja schon immer, bevor ich mit ihr zusammen war, währenddessen und danach. Die Frage ist doch, was soll mir mit ihr noch passieren? Alles, was schiefgehen kann, ist doch schon schiefgegangen, und deswegen geht es jetzt so gut.«

Die Ex als wandelnder Worst Case: Das klingt fast wie der noch ungeschriebene Folgeparagraph von Murphy's Law – »If anything can go wrong, it will«. Also ist »If everything went wrong, go ahead« wohl die Formel, die glücklichen Ex-Beziehungen zugrunde liegt. Ist die Beziehung ruiniert, liebt sich's völlig ungeniert. Kommt demnach nach der Liebe die Liebe? Zumindest gibt es nicht wenige, die behaupten, ihre Beziehung zur Ex sei besser, als sie es zu Lebzeiten der Liebesbeziehung je war. Offensichtlich ist das *après l'amour* manchmal verlässlicher, als es Liebesbeziehungen sein können, die immer allen möglichen Gefahren ausgesetzt sind. Andere Frauen, Eifersucht, Verletzungen, Krisen, Symbiosen und Abhängigkeiten belasten Liebesbeziehungen, solange sie dauern. Liebesbeziehungen sind spannungsgeladene Gebilde, die oft erstaunlich schnell explodieren können. Im Biotop einer Zweierbeziehung ist die Liebe eine empfindliche Mimose. Mit der Ex hat man zusammen erst die Liebe und dann die Tragödie durchlebt und überlebt. Wenn noch nicht einmal die Trennung und aller Schmerz, der sie begleitet, zwei wirklich auseinanderbringt, schweißt das zusammen. Wenn es beiden möglich ist, sich die Verletzungen des Trennungsprozesses letztlich zu verzeihen, hat das nicht nur etwas Tröstliches, sondern macht die Ex auch zu einer unglaublich verlässlichen Größe. Es ist dann, als hätte frau keine Chance, sich noch einmal zu verlieren. So kann Gelassenheit aufkommen.

»Was diese Ex-Beziehung vor allem auszeichnet? Wir tun jetzt endlich das, was man idealerweise in einer Liebesbeziehung tun sollte: Wenn es ein Problem gibt, und das gibt es hin und wieder, betrachten wir das Problem an sich und machen nicht den Menschen zum Problem. Platt gesagt ist es eine Beziehung, in der die Angst vor Liebesverlust keine Rolle mehr spielt.«

Mit den Exen sind wir manchmal moderner, zumindest aber freier als in unseren Liebesbeziehungen; wir können mit dem leben, das geht, und auf das verzichten, das nicht geht. Das Leben ist ein Baukasten, der viele Steine enthält, aus denen sich das Glück zusammensetzen lässt. Das Glück ist also immer von eher polygamer Struktur, und die Exen tragen als wichtige Bausteine oft ihren Teil dazu bei.

Das klingt nun aber alles allzu schön – ist die Ex am Ende gar die bessere Geliebte? Das ist natürlich Blödsinn. Die Liebe und ihre angenehmste Form, die Verliebtheit, sind aufregend, knisternd, fordernd, anstrengend, intim, vertraut und unvergleichlich. Die Gelassenheit, die sich in Ex-Beziehungen breitmachen kann, rührt vor allem daher, dass beide Seiten – mitnichten zeitgleich und auch nicht schlagartig – irgendwann der Aufregung, dem Knistern, der Ambition, der sexuellen Intimität und erotischen Vertrautheit den Laufpass gegeben haben, ohne das Gewesene zu verleugnen. Die Grenzen des Möglichen sind klar abgesteckt, und dadurch ist das Mögliche so verlässlich. Der Reiz der Liebe besteht jedoch immer wieder im Überschreiten von Grenzen. Die Liebe neigt zur Grenzenlosigkeit, darin liegt ihr Reiz und ihr Elend. Die Beziehung zur Ex ist vielleicht konstanter, Verliebtheit hingegen vielversprechender, horizonterweiternd und riskant und – *no risk, no fun.*

Schließlich sind also weniger unsere Bezüge zu den einst Geliebten masochistisch oder ein wenig verrückt, sondern unsere Bereitschaft, das Scheitern in immer wieder neuen Varianten anzugehen. Gesunde Blödheit lässt uns immer wieder mit Vollgas in die Katastrophe starten und die Liebe erneut ausprobieren. Auch die gewieftesten Taktikerinnen, erfolgsorientierte Karrieredamen, lebenskluge Frauen, gewaschen mit allen Wassern von Wohn- und Liebesformen und der daraus erwachsenen Analysefähigkeit, sind dagegen nicht gefeit. Ihnen allen glimmt dann jenes reizende Strahlen in den Augen, und ein bezauberndes Lächeln der Glücksgläubigkeit umspielt ihre Lippen, wenn sie wieder in den Zustand des Verliebtseins geraten. So grinsen sie haarscharf an der Naivität vorbei, weil die Falten, die eine geübte Mimik in fortgeschrittenerem Alter hinterlassen hat, auch das dümmste Lächeln mit der Würze verinnerlichten Wissens veredeln. Dass wir uns immer wieder verlieben, ist der überzeugendste Beweis für die Tatsache, dass wir keine Pawlowschen Hunde sind. Sonst wüssten wir, wenn Liebe, dann Schmerz – und würden es gefälligst sein lassen.

Tun wir aber nicht. Und wenn es doch wieder und wider Erwarten schiefgehen sollte – irgendwo findet sich dann schon die Ex, die uns tröstet.

Familie statt Liebe

Gartenparty zu Monikas Fünfzigstem

Angelika: Wie heißt du noch mal?

Julia: Julia, und du bist ...?

Angelika: Angelika.

Julia: Hm, Angelika, bist du diejenige, mit der Monika das Büro gegründet hat?

Angelika: Ja, heute sind wir Kompagnons, früher hatten wir uns schon einmal zusammengetan, aber halt anders. Du bist wohl nicht aus Hamburg?

Julia: Nein, ich bin die Freundin aus der Provinz – Julia von der Schwäbischen Alb.

Angelika: Die Kommunen-Julia! Mensch, dich hätte ich mir aber anders vorgestellt.

Julia: Nee, Kommune ist schon lange nicht mehr, aber da haben wir uns damals kennengelernt. Was hast du dir vorgestellt?

Angelika: Entschuldige, ich bin wahrscheinlich doof, aber ich denke da immer an lesbischen Schafskäse und offene Beziehungen. Na ja, jetzt sagt Monika immer, Julia, meine Wander-Exe.

Julia: ... und dann hast du nicht erwartet, dass ich neben den Wanderschuhen und Kniebundhosen auch ein kleines Schwarzes und High Heels im Schrank habe. Weißt du, die Schafe haben wir längst geschlachtet. Jetzt mache ich Unternehmensberatungen auf dem Öko-Sektor. Und das läuft immerhin so gut, dass ich Monika hin und wieder den Flug für unsere

Wanderreisen vorstrecke. Euer Büro wirft ja offensichtlich nicht immer soviel ab.

Angelika: Ok, ok, ich sag doch, tut mir leid. Vielleicht sollten wir uns mal von dir beraten lassen. Sag mal, weißt du, wer die Frau da hinten am Tresen ist? Die kenn ich gar nicht.

Julia: Ach, nee, ich fass es nicht – das ist Biggi, eine ganz ganz alte Freundin. Biggi! Komm doch mal rüber.

Biggi: Mensch, Julia, die Wander-Exe, hallo, schön dich zu sehen. *(zu Angelika:)* Und wer bist du?

Angelika: Angelika ...

Biggi: ... ahh, la Compagnonne. Hallo, ich bin Birgit.

Angelika: Ach so, Birgit aus Berlin, jetzt weiß ich, wer du bist. Ihr habt zusammen studiert und ...

Birgit: ... ich habe Monika zu ihrem Coming-out verholfen, dem praktischen Teil von det Janzen, jenau. Und seitdem feiern wir immer zusammen Weihnachten an der Ostsee. Na ja, fast immer ...

Julia: Ich wollte grade sagen, da war doch auch noch ...

Birgit: ... richtig, die Frau mit den zwei Kindern, bei denen sie Weihnachtsfrau spielen musste und »wir sind jetzt eine Familie und dann verbringt man auch Weihnachten zusammen ...« und der ganze Mist. Aber als das Familienglück zu Ende war, sind die beiden Kinder, na ja, die sind inzwischen auch dreizehn und fünfzehn, öfter mal mit an die Ostsee gefahren, das war sehr nett. Da kommt übrigens grade die Frau Mama – hallo, Waltraud, na, wo haste denn die beiden Süßen gelassen?

Waltraud: Die sind mit ihrem Vater bei der Grand Prix Party auf dem Spielbudenplatz. Ich habe mich geweigert. Außerdem kann ich Monikas Fünfzigsten nicht schwänzen.

Birgit: Waltraud, ich darf vorstellen, Angelika und Julia.

Waltraud: Weiß ich doch, ich kenne Monika ja nicht erst seit gestern. Ich habe mich übrigens grade mit Gudrun unterhalten – seitdem sie und Monika die gemeinsame Eigentumswohnung verkauft haben, ist das ja auch wieder entspannt. Die beiden haben das Geld zusammen in einem Alterswohnprojekt angelegt.

Julia: Sagt mal, täusch ich mich oder sehe ich da hinten Undine? Waoh, dass die sich hierher traut.

Birgit: Da biste wohl nicht auf dem neuesten Stand. Große Versöhnung, Monika spricht auch wieder mit Martina, hat sie sogar eingeladen. Ich hab die drei kürzlich friedlich vereint am Elbstrand getroffen. Wäre ja auch schlimm, drei Jahre nach der Trennung immer noch nicht miteinander zu sprechen, wo sie doch so lange zusammen waren.

Angelika: Ja klar, Martina ist da, die verstehen sich sogar richtig gut und sehen sich ziemlich oft, weil sie sich beide mit ein paar anderen zusammen um Vera kümmern, seit sie so krank ist.

Julia: Und Gudrun ist auch da? Die habe ich nämlich nie kennengelernt.

Waltraud: Ja, ich habe sie gerade entdeckt, die steht da vorne am Buffet.

Julia: Die rechts oder die links?

Waltraud: Die links mit dem roten Schal. Die rechts, das ist Ursula, jetzt mit Gudrun liiert, früher Monikas Hundeliebe. Ich meine, die kommt aus der Zeit, als Monika Henri, die Schäferhündin, ganz neu hatte. Da haben sie sich immer auf den Landungsbrücken beim Gassi gehen getroffen, *amour fou*, war aber schnell vorbei. Und Ursula nimmt jetzt immer

Henri in Pflege, wenn Monika mit dir wandern ist und gießt die Pflanzen und guckt nach der Post und stellt Blumen auf den Tisch, damit Monika sich auch gleich wieder zu Hause fühlt, wenn sie zurückkommt.

Angelika: Ach, und schaut mal, da ist auch Dagmar, die Monika bei der Reha nach der Hüftoperation aufgetan hat. Kurschatten nannte man das früher. Und jetzt gehen sie dreimal in der Woche zusammen zum Kieser Training.

Birgit: Wo ist eigentlich Alice?

Angelika: Alice war am Nachmittag da. Aber jetzt sitzt sie schon seit einer ganzen Weile drüben in der Nachbarlaube bei Markus, der schwulen Komponente in Monikas Freundinnenkreis, zusammen mit einer großen Flasche Jägermeister.

Julia: Alice? Wer, bitteschön, ist Alice?

Waltraud: Das weißt du nicht? Monikas neue ganz große Liebe.

Julia: So? Aha.

Birgit: Und warum sitzt sie da drüben und nicht hier? Das ist doch komisch.

Angelika: Na, als ich grade dort war, war sie schon ziemlich angetüddelt und hat nur verkündet: »Ich trinke Jägermeister, weil ich die zukünftige Ex meiner Freundin bin.«

Birgit, Julia, Waltraud im Chor: Oha.

Exen können nerven, aber sie bleiben. Das ist wohl der kleinste gemeinsame Nenner, auf den die Definition der besonders haltbaren unter den lesbischen Ex-Beziehungen zusammengekürzt werden kann. Die Aussage ist genauso vertrauensreich wie ehrlich und vielschichtiger, als das erste Lesen vermuten lässt. Erstens, Ex-Geliebte nerven nicht selten und sind anstrengend – das dürfen sie sein, weil sie Exen sind. In der Umkehrung zieht das nach sich, dass frau selbst ebenso nerven darf und die andere gewissen Strapazen aussetzen kann, ohne um die Beständigkeit der Beziehung bangen zu müssen. Zweitens nerven Exen vielleicht etwas schneller als andere Menschen, so wie beispielsweise die eigene Mutter auch wesentlich schneller und existenzieller nervt als andere Menschen und andere Mütter. Die Bezugsform Ex enthält demnach an sich ein gewisses unumgängliches Konfliktpotential. Drittens bleiben Exen, anders gesagt, Exen bleiben Exen. Einmal erreicht, ist der Zustand Ex ein unwiderruflicher – wenn eine Ex wider Erwarten doch nicht im Leben der anderen bleiben sollte, bleibt sie dennoch eine Ex. So wie ein Bruder ein Bruder bleibt und eine Schwester eine Schwester. Das Präfix Ex- drückt eine paraverwandtschaftliche Beziehung aus, und so ist die Adoption von Exen in die selbstbestimmte Wahlfamilie naheliegend und manchmal fast schon unumgänglich.

Familiäre Nomenklatur

Wenn's denn unbedingt der Vergleich mit familiären Beziehungen sein muss, brauchen wir wohl auch ein paar neue Begriffe, die die Art der Beziehungsverwicklungen eindeutig beschreiben. Dass die wichtigste Ex im Verhältnis zur aktuellen Geliebten gewisse Ähnlichkeiten mit der Schwiegermutter aufweist, also sozusagen die Schwieger-Ex ist, lässt sich nicht leugnen. Sie ist auch deswegen sehr schwiegermütterlich, weil in der Begegnung von Ex und Schwieger-Geliebten – analog zum Zusammentreffen von Schwiegermutter und

Schwiegersohn – ganz klassisch die innere Frage auftaucht: »Ist das eine Frau, die ich attraktiv finden könnte?« Es gibt also eine mögliche Begehrensstruktur zwischen Ex und neuer Geliebter, die nicht durch den Generationensprung, der die echte Schwiegermutter ausmacht, eher reine Fiktion ist. Das bringt mit sich, dass die Eifersucht im Zweifelsfalle in jede Richtung laufen kann. Einfacher werden die Dinge dadurch nicht. Und von dem verwandtschaftlichen Verhältnis, das entsteht, sollte sich die neue Geliebte tatsächlich mit der Ex der Partnerin zu einem Paar zusammentun, möchte frau eigentlich nicht wirklich sprechen. Das tut meistens auch nicht Not, weil in diesem Fall mindestens zwei Frauen sowieso auf lange Sicht nicht miteinander reden. Schlimmer kann das Schweigen auch bei Erbstreitigkeiten in biologischen Familien nicht sein.

Und wie nennt man den Bezug der Ex der einen zur Ex der anderen? Schwipp-Ex? Aber sollten diese sich dann noch womöglich zu einem neuen Liebespaar zusammentun, spätestens dann fehlen einer die Worte. Und wie nennt sich die jüngste Ex in Bezug auf ihre Vorgängerin und Vorvor-Ex und Vorvorvor-Ex? Groß-Ex und Ur-Groß-Ex oder Ex-Ex und Ex-Ex-Ex? Und wenn sich da zwei in einer Generationenlinie zusammentun, wie heißt das? Szene-Inzest? Auf jeden Fall ist dies eine Variante, die uns deutlich von Heteros unterscheidet – wär's anders, wären sie keine waschechten Heteros mehr.

Natürlich ist nicht alles Gold, was glänzt, und was für die biologische Familie gilt, gilt nicht weniger für die Wahlfamilie und erst recht für die Beziehungen zur Ex. Da frau sich einst so nahe war und die Gesten und Gemütsbewegungen der anderen oft ahnt, noch lieber aber unterstellt, bevor sie tatsächlich stattfinden, landet die Beziehung zur Ex gern in der Vertrautheitsfalle. Gewesene Nähe neigt zu Bevormundung und hemmungsloser Ungerechtigkeit. So taugt die Ex hervorragend zum Sündenbock, Schuttabladeplatz für schlechte Laune und für andere Übelkeiten, distanzlos wird sie öffentlich gemaßregelt oder, schlimmer noch, bemuttert. Aber warum sollten wir es auch einfacher haben als andere Familien?

Familienangelegenheiten

Zur Wahl-Familie von Lesben zählt meist also die eine oder andere Ex. Auch wenn sich viele mit dem Begriff »Familie« für den Kreis ihrer verbindlichen persönlichen Beziehungen nicht anfreunden können, erfüllen diese selbstgeknüpften und oft lang bewährten Netze offensichtlich manche der Aufgaben, die im allgemeinen der Familie zugeschrieben werden.

Und was heißt hier eigentlich Familie? Kaum schaut man das Wort näher an, löst es sich auch schon wieder auf in unterschiedlichste Bilder und Begriffe: Die biologische Familie und die selbstgegründete oder selbstgewählte Familie, die kreischende Kleinfamilie von nebenan, Kinder und Kinderwunsch, Erinnerungen an Familienurlaube, die Lieblingstante, die frau auch mal wieder anrufen sollte, den schlimmsten Teil des Coming-out, Keimzellen-Ideologien und ein vages Bild dessen, was frau einst unbedingt hinter sich lassen wollte. Familie ist Schlagwort und schwammiger Oberbegriff, aber auch ein wichtiger Teil der persönlichen Biographie. Wer Familie sagt, redet immer von Realität, Erinnerung, Identität und Ideologie zugleich und manchmal auch von Sehnsucht.

Familie ist die Lebensform, in der die meisten von uns ihre Kinder- und Jugendjahre verbracht haben und damit ein ganz wesentlicher Sozialisationsfaktor und Bestandteil der persönlichen Geschichte. Familie ist das, was sich oft über etliche Generationen zurückverfolgen lässt. Sie umschreibt die Herkunft, die sich biologisch und kulturell auch über die eigene Erinnerung hinaus verfolgen lässt.

Familie wird außerdem gern gleichgesetzt mit dem Rahmen, den es braucht, um den Nachwuchs zu sichern, auch wenn sich in den letzten Jahren herausgestellt hat, dass dafür sehr viel weniger klassische Familie vonnöten ist, als konservative Statements gern glauben machen möchten. Der Akt der Zeugung von Nachwuchs klappt auch außerehelich und für viele Lesben per Einwegspritze mit oder ohne ärztliche Aufsicht ganz prima. Der sehr viel größere Rest der Fürsorge und Erziehung erfordert neben einigen finanziellen und gesellschaftlichen Rahmenbedingungen vor allem verantwortliche, liebevolle und konstante Bezugspersonen und von diesen zeitweise fast übermenschliches Engagement. Doch hierfür ist die biologische Familie kein naturgegebener Garant.

Familie ist darüber hinaus ein Politikschlachtfeld und das ideologische Lieblingskind von Kirchen und Konservativen. Und Familie stand lange fast gleichbedeutend für soziale Sicherung und unumstößlichen persönlichen Rückhalt.

Im positivsten Sinn, der so gern ideologisch ausgeschlachtet wird, meint Familie Bindungen und Rückhalt jenseits der willkürlich unter Menschen verteilten Gaben wie Charme, Schönheit, Erfolg, aber auch jenseits der emotionalen und wankenden Ebene von Sympathie. Hier soll der Ort für Verbindlichkeit und Zuwendung sein, wenn gar nichts mehr geht.

Dieses urmenschliche Bedürfnis ist nicht zwangsläufig an Familie gekoppelt, aber die Familie ist traditionell weit verbreitet die menschliche Beziehungsform, in der diesem Bedürfnis Raum zugesprochen und in der dieser Bindungskredit gewährt wird. Man kann sich darüber streiten, ob ein solcher Raum auch jenseits der Bande von Biologie und der Intimität von Kindheitserinnerungen geschaffen werden kann. Denn Familie, das ist der Zusammenhalt, in dem man auch mit Menschen spricht, die ohne das familiäre Etikett durch das persönliche Interessensieb fallen würden, kurzum, die man sonst schnell abgehakt hätte.

Das persönliche Beziehungsnetzwerk, in dem die Ex-Geliebten eine gewichtige Rolle spielen, ergänzt und ersetzt manchmal die Familie als krisensicheren emotionalen Rückhalt. Für Lesben und Schwule ist die biologische Familie in diesem Zusammenhang häufig ein heikles Thema. Die Beziehung zu den älteren Generationen, die der Eltern und Großeltern, ist oft keine ganz einfache, weil das eigene Lesbischsein und Coming-out einen Bruch oder wenigstens ein merkliches Befremden in der persönlichen Familiengeschichte ausgelöst hat. Beheimatet fühlen sich Lesben in ihrer Familie jenseits von ganz normalen Generationenbrüchen und Familienkonflikten dadurch seltener oder nur halb. Gleichzeitig haben Lesben, was die nachkommende Generation angeht, seltener eigene Kinder – auch wenn sich dies langsam ändert und Lesben mit Kindern durch die vielen Lesben mit spätem Coming-out nicht mehr die ganz große Ausnahme sind. Klassische generationenübergreifende Lebensformen sind jedoch nicht unbedingt der Regelfall lesbischer Biographien. Für Lesben und Schwule gab es daher schon immer ein ausgeprägtes Bedürfnis, sich den Kreis von Menschen, der das Wort Zuhause verdient, jenseits von klassischen Familienbanden aufzubauen. Anders gesagt: Wir haben ziemlich viel Übung im Schaffen von verbindlichen sozialen Bezügen.

Auch hier haben uns gesellschaftliche Entwicklungen eingeholt, oder richtiger, haben die Entwicklungen die heterosexuelle Mehrheit eingeholt – die traditionelle Familie zeigt seit Jahrzehnten Auflösungserscheinungen und ist dabei, ihre Funktion als wichtigster persönlicher Lebenszusammenhang zu verlieren. Auch die selbstgegründete Familie erweist sich häufig als vorübergehende Lebensform – die Liebe ist allüberall ein anfällig Ding geworden. Immer mehr Menschen verbringen eine immer kürzere Zeit ihres Lebens in klassischen Paar- und Familienkonstellationen. Das bedeutet nicht nur für die Familienpolitik eine große Herausforderung, sondern auch für jede und jeden von uns persönlich, finanziell, sozial und im Hinblick auf das psychische Gleichgewicht.

Denn die Stärke der bürgerlich-klassischen Familie rund um die Ehe lag lange in ihrer krisensicheren Versorgerrolle. Das Leben ist nicht gerecht. Die einen haben viel, die anderen wenig Geld; die einen sind erfolgreich, die anderen weniger. Die einen werden erwerbslos, krank, arbeitsunfähig, den anderen sind Glück und Gesundheit hold; die einen altern schneller, werden schneller hilfsbedürftig, die anderen sind noch mit neunzig Jahren alzheimerfrei und körperlich fit. Traditionell war es die Aufgabe von Ehe und Familie, diese Ungerechtigkeiten zivilisiert und auch jenseits staatlicher oder institutioneller Unterstützung aufzufangen. Die Familie hatte man nicht gewählt, die war gegeben. Heute sind zwischenmenschliche Beziehungen viel mehr der Gunst persönlicher Entscheidungen ausgesetzt. Die Pluralisierung der Lebensformen und Lebensprioritäten, eine der großen gesellschaftlichen Errungenschaften der letzten vierzig Jahre, bringt es als Risiko und Nebenwirkung mit sich, dass Liebe und Verantwortung auch bei Eheschließung nicht mehr lebenslang bindend aneinandergekoppelt sind. In den vergangenen Jahrhunderten blieb der Aspekt des sozialen Auffangnetzes weiter gültig, auch wenn die Liebe unterwegs verlorenging. Wenn die Liebe kein Versorgungsmodell mehr ist und nach der Liebe nicht Gewohnheit und Pflicht einsetzen, sondern (Güter-)Trennung und Scheidung folgen, fehlt ein wichtiger sozialer Sicherungsaspekt im Leben, denn gegen Schicksalsschläge und Ungerechtigkeiten des Lebens sind wir heute nicht besser gewappnet als zu vergangenen Zeiten.

Das ist natürlich etwas zugespitzt formuliert – noch erfüllt die Familie diese Rolle häufig. Aber es ist offensichtlich, dass verwandtschaftliche Beziehungen nicht mehr automatisch die Rolle des sozialen Auffangnetzes für Schicksalsschläge spielen. Diversity, das Schlagwort der letzten Jahre und Rezept für die gewinnbringende Lebbarkeit kultureller Unterschiede, setzt sich auch in der Zusammensetzung des sozialen Lebensmittelpunktes durch.

Die eigene biologische Familie ist Schicksal, und das haut manchmal auch daneben. In diesem Fall ist die Familie nicht der Ort, der ein wirklich wichtiges soziales Netz darstellen kann. Ein individuelles Leben steht auf mehreren sozialen Säulen: Familie, Arbeit, Liebe und Freundschaften. Die Familie bröckelt, Arbeit ist Zeiten flexibilisierter Arbeitsmärkte nur noch für wenige ein dauerhaft sicherer Lebensbereich. Bliebe die Liebesbeziehung als der Raum, wo auch jenseits von persönlicher Leistung und Gesundheit Rückhalt, Wärme und Sicherheit möglich sein könnten. Aber gerade die Liebe stellt sich zunehmend als vorübergehende Einrichtung heraus. Liebesbeziehungen sind, wenn sie auf der Begegnung unabhängiger Individuen und der Kontinuität des Begehrens beruhen, ein unzuverlässiger Faktor. Hier ist ein soziales Defizit entstanden, das sich als ebenso gewichtig herausstellen könnte wie die vielbeschworene Krise der Sozialsysteme. Verantwortung und Verbindlichkeit werden sich in den nächsten Jahren neue Wege suchen müssen, denn der Bedarf daran hat keinesfalls abgenommen.

Familie ist da, wo Kinder sind. Auf diese Formel hat sich die Familienpolitik inzwischen fast parteiübergreifend geeinigt. Das ist ein Fortschritt gegenüber konservativen Vater-Mutter-Kind(er)-Konzepten, aber was ist da, wo keine Kinder sind? Ist da keine Familie möglich? Oder ist Familie da, wo mehrere Leute einen Kühlschrank miteinander teilen? Als Umschreibung für verbindliche und verantwortliche Beziehungsmodelle klingt das zu trivial und unbefriedigend. Oder sollten wir solche Beziehungsmodelle besser nicht Familie nennen, weil der Begriff Familie ebenso wie die Idee der romantischen Liebe auf ganz anderen ideologischen Maßeinheiten beruht?

Vielleicht hilft es hier weiter, das einmal genauer anzuschauen, was Lesben mal mehr, mal weniger liebevoll Szene oder Community nennen. Frau muss nicht immer viel mit ihr zu tun haben, aber es ist gut zu wissen, dass es sie gibt. Anderssein verbindet. Community fängt ja schon an, wenn Freude aufkommt, weil eine Kollegin auch Lesbe ist oder die Zeltnachbarinnen im Urlaub sich als lesbisches Paar herausstellen. Gesellschaftliche Minderheiten verbindet meist eine grundsätzliche Solidarität, die jenseits von persönlicher Sympathie angesiedelt ist. Und sie suchen gern ihresgleichen. Insgesamt haben wohl alle gesellschaftlichen Gruppen, die als Community funktionieren, bei der Entwicklung verbindlicher Beziehungsformen jenseits von Ehe und Familie einen Vorsprung. Sie haben oft starke soziale Bezüge innerhalb ihrer Community entwickelt. Zum einen schweißt das Minderheitsbewusstsein zusammen, zum anderen ist mit der Bildung einer Community eine informelle Institution geschaffen, die über rein private Formen der Bezugnahme bereits hinausgeht, aber noch nicht völlig abstrakt oder staatlich anonymisiert ist. Das Wir-Bewusstsein einer Community kann ein Element alternativer außerfamiliär verbindlicher Bezüge sein.

Über diese dennoch eher lockeren Bande hinaus werden selbstgewählte Freundschaftsnetze von vielen Lesben als *der* verlässliche und konstante soziale Faktor in ihrem Leben erfahren, und auffällig häufig spielen Ex-Geliebte darin eine wichtige Rolle. So wie mit den Geschwistern die Intimität einer gemeinsam erlebten Kindheit selten ganz verschwindet, schafft die einstige Nähe einer Liebesbeziehung oft eine lebenslang besondere Verbindung. Ex-Geliebte, die einander jenseits der einst alltagsrelevanten, erotischen und manchmal auch symbiotischen Verflechtungen einer Liebesbeziehung verbunden bleiben, entwickeln dann eine sehr ausgeprägte Form freiwilliger Verantwortlichkeit und verlässlicher Dauerhaftigkeit – die ihre Tücken haben kann. Doch so wird die Ex häufig zur ersten Ansprechperson für Lebenskrisen, seien sie psychischer, beruflicher, gesundheitlicher oder finanzieller Art. Wer zusammen die Krise einer Trennung überstanden hat, kann wohl leichter auch sehr intime Schwächemomente des Gegenübers aushalten und überstehen.

Mag sein, dass die ausgereifte Kunst, unsere verflossenen Lieben um uns zu scharen und uns auf diese Weise ein haltbares Netz gegen die heimtückischen Tiefen des Lebens zu knüpfen, aus der Not und dem Mangel an Familie geboren ist. Denn bei den »echten«, den biologischen Familien sind wir mit unserer Sehnsucht nach Heimat und Zuhause manchmal nicht aufgehoben, und die selbstgegründete Familie ist meist nicht unsere Lebensform. Aber die Not ist bekanntlich nicht die schlechteste Geburtshelferin für Experimente und bahnbrechende Erfindungen.

Die Ex als soziale Altersvorsorge

Wir werden alle nicht jünger. Wie werden wir sein, wenn wir alt sind? Wir, meist in Großstädten lebend, ohne Familienfortsetzung, so oft getrennt und selten geblieben? Die Exen überleben die Liebe, und irgendwann kommt der Punkt im Leben, an dem, kühl statistisch betrachtet, manche Ex schon länger Ex ist, als eine Geliebte im Leben noch Geliebte sein kann. Die Verflechtung von Liebe und Freundschaft, die wir mit unseren gewesenen Lieben kultivieren, werden sich unter Umständen als kluge soziale Altersvorsorge herausstellen.

Die demographischen Fakten und deren fast nicht zu bewältigende wirtschaftliche Folgen sind schon lange in aller Munde. Wenn die nachkommende Generation in der Minderheit ist, werden nicht nur die Rentenfrage und Altersarmut zum ganz großen Problem. Die alten Menschen des nächsten halben Jahrhunderts werden vor allem auch von wachsender Alterseinsamkeit betroffen sein. Die schon seit Jahrzehnten entwickelte lesbische Kultur der sozialen Polygamie könnte sich angesichts dessen als zukunftsweisende Form der sozialen Altersvorsorge erweisen. Natürlich fehlt den sozialen Freundinnen- und Ex-Verflechtungen der generationsübergreifende Aspekt, der die Stärke klassischer familiärer Zusammenhänge ausmacht. Das mag ein Defizit sein: Lesbische Beziehungsnetze verlagern soziale Verantwortung von der vertikalen, generationsübergreifenden Ebene auf die selbstgewählte, meist eher horizontal verlaufende Ebene innerhalb einer Generation. Das kann die vertikale Ebene nicht ersetzen, aber die nachfolgende Generation vielleicht von der sozialen Verantwortung für eine zahlenmäßig übermächtige RentnerInnengeneration entlasten. Und daran wird in den kommenden Jahren ein großer Bedarf entstehen. Der Mangel an generationsübergreifenden Bezügen, der aus den Geburtenzahlen weit unter dem sogenannten Generationenersatzniveau resultiert, betrifft ja bei weitem nicht nur Lesben und Schwule, sondern wird die gesamten aktuellen Mehrheitsgenerationen der über Fünfunddreißigjährigen einholen. Was das für unsere Renten bedeutet, können wir wenigstens ahnen, aber es wird zweifelsohne auch die Beziehungen zwischen den Generationen entscheidend verändern.

Für viele Lesben werden es nicht die eigenen Kinder sein, die sie später sonntags zum Kaffee besuchen. Aber generell werden die Kinder aus den jetzt jugendlichen Generationen, oft genug sind es Einzelkinder, sonntags Besseres zu tun haben, als regelmäßig ihre mit einer Wahrscheinlichkeit von mindestens 50% inzwischen getrennt lebenden biologischen

Eltern zu beglücken. Und wenn sie es tun, werden sie kaum danach auch noch die späteren – inzwischen gleichfalls getrennten – LebenspartnerInnen ihrer Eltern und andere zeitweilig elternähnliche Bezugspersonen besuchen. Auch die Patchwork-Familie hat ihre Nachteile. So viel Kaffee ist erstens nicht gesund, und zweitens hat die dann erwachsene Generation womöglich auch noch eigene Interessen, Freundeskreise und Familien.

Den Kaffee werden wir uns selbst kochen und wahrscheinlich meist mit unserer eigenen Generation trinken müssen. Es bleibt uns und mit uns allen vor dem Pillenknick Geborenen gar nichts anderes übrig, als unsere sozialen Verbindlichkeiten zunehmend in der horizontalen Generationsebene zu schaffen.

Neben den demographischen und vorhersehbaren Fakten spielt hier zudem die insgesamt abnehmende Bedeutung klassisch familiärer Verbindlichkeiten eine wichtige Rolle, die nur teilweise mit den unleugbaren statistischen Zahlen zu begründen ist. Schon lange vor dem Knick in den Geburtenraten gingen beispielsweise die Zahlen von Altenheimen sprunghaft in die Höhe, weil Familienzusammenhalt und familiäre Fürsorge für individuelle Lebensentscheidungen weniger ausschlaggebend geworden sind. In stark individualisierten Gesellschaften sind familiäre Bindungen kein unabwendbares Schicksal mehr. Auch verwandtschaftliche Bezüge sind weitgehend kündbar geworden, und die Familie ist heute ein möglicher, aber kein zwangsläufiger Bestandteil der persönlich zusammengestellten Wahlfamilie.

Die Frage, wie verbindlicher psychischer, sozialer und sogar finanzieller Rückhalt im Alter jenseits von Familie und

Ehe auf der Grundlage freiwilliger, selbstgewählter und sich ständig wandelnder Beziehungen jenseits von Familie organisiert werden kann, wird immer wichtiger und existenzieller werden. Gesellschaftliche und staatliche Institutionen können dafür einen Rahmen schaffen, aber keine befriedigende Alternative anbieten. Soziale Bindungen müssen Menschen letztlich selbst schaffen und gestalten. Eine der möglichen Lösungen für dieses Problem wird mit Sicherheit in der stärkeren Bedeutung horizontaler Beziehungen liegen.

Noch ist, statistisch gesehen, die Familie das größte Pflegeheim hierzulande. Das wird sich zwangsläufig und demographisch vorhersehbar ändern. Für die meisten kinderlosen Frauen und damit auch für viele Lesben, ist es schon heute eine berechenbare Tatsache, dass ihre eigenen biologischen Familien sie nicht pflegen werden. Und auch ihre späteren sozialen Bindungen werden nur sehr vereinzelt bio-familiärer Natur sein. Vielleicht ist es zu einem Teil auch dieses klare Bewusstsein, das uns unsere paraverwandtschaftlichen Ex-Netze und freundschaftlichen Wahlfamilienstrukturen so wertvoll macht. Nachkommende Familien haben Lesben in der Mehrzahl nicht. Wenn sich in unseren Ex-Beziehungen die Anerkennung dessen, was war, in Verbindlichkeit und Verantwortung ausdrückt, um so besser. Liebe vergeht – es wird sich zeigen, inwieweit Freundschaft und die Ex-Geliebten bestehen.

Ausgerechnet beim Fußball. Und das mit zweiundvierzig Jahren. Aber dass sie kurz vor diesem beschissenen Malheur noch das einzige Tor ihrer Mannschaft während des gesamten Turniers geschossen hatte, bereitete ihr trotz allem Genugtuung. Ja, Mannschaft, nicht Team, deutscher Meister wird auch nicht das Team, sondern die Mannschaft von Bayern München – wenn auch in diesem Jahr einmal nicht. Das ganze Kollegium hatte etwas betreten geschaut, als sie sich auf die Liste für die Lehrermannschaft beim diesjährigen Gerümpelturnier der fränkischen Kleinstadt eingetragen hatte. Offiziell konnten die Mannschaften dort zwar auch gemischtgeschlechtlich sein, tatsächlich waren Frauen auf dem Rasen aber eine große Rarität. Bitte, sie war Sportlehrerin – obwohl sie das vielleicht die längste Zeit ihres Lebens gewesen war; wenn sie bloß versuchte, ihre desinfektionsmittelroten Zehen in dem Gips zu bewegen, Scheiße, tat das höllisch weh. Der Fußballklassiker – Außenknöchelbruch, zusammengeflickt mit einer Metallplatte und fünf Schrauben. Schon als Mädchen war sie fünfzehn Kilometer mit dem Bus gefahren, um in einer Mädchenmannschaft zu spielen, sie hatte einst Bundesligaluft geschnuppert, nach wie vor hatte sie keinen Bierbauch, wovon auch, und war schneller unterwegs als alle ihre männlichen Kollegen. Bis auf den drahtigen katholischen Religionslehrer vielleicht, Marathonläufer – auch Gott hat einen langen Atem –, aber der hatte von Fußball keinen blassen Schimmer. Und dann war dieser Schrank von der Müllabfuhr, der nette, der bei ihr klingelte, wenn sie montags wieder vergessen hatte, die Mülltonne auf die Straße zu stellen, und der für den FC Stadtverwaltung den Ausputzer spielte, mit gestrecktem Bein auf sie zugegrätscht, hatte ihr zweites Tor wirkungsvoll verhindert und ihren Knöchel wahrscheinlich längerfristig lädiert. Bei aller Liebe für diesen Sport – für gefährlich hatte sie die Kombination von Testosteron und Fußball immer schon gehalten.

Die Tür ihres Krankenhauszimmers ging auf, und herein stürmte Lukas, gefolgt von seinem vier Jahre älteren Bruder Florian. Lukas schleppte einen großen Korb, der fast auf dem Boden schleifte, hievte ihn ungeschickt auf Reginas Bett und knallte dabei gegen den Gips. Den Schmerzensschrei konnte sie gerade noch unterdrücken. Ihren bewunderten Fallrückzieher würde sie den beiden vorerst nicht mehr präsentieren können. Nun kam auch Elke, die Mutter der beiden, in das Krankenzimmer, ausdrücklich schlecht gelaunt.

»Na, was macht der Millionenknöchel unserer Davida Beckham?«

»Nein, nein, Beckham bin doch ich!« quäkte Lukas und wies stolz auf sein David-Beckham-Trikot, das Regina ihm zur EM-Eröffnung geschenkt hatte.

»Dann bin ich eben Wayne Rooney, noch besser.«

»Dürfen wir hier bei dir heute abend England gegen Portugal gucken? Bitte, bitte! Mama hat schon nein gesagt.« Das war Florian, heute in den portugiesischen Nationalfarben rot und grün und mit stolzen Rui-Costa-Locken.

»Aha. Nee, das geht wirklich nicht, weil ich hier nicht alleine liege, und meine Nachbarin möchte bestimmt schlafen heute abend.«

»Ach, was«, kam es vom Nebenbett. »Das wäre doch eine

feine Abwechslung. Mein Freund hat auch schon gefragt. Ist hier wenigstens mal was los.«

Regina stimmte ihr unbedingt zu, hielt aber die Klappe und warf einen Blick auf Elke, deren betonte Grimmigkeit sichtlich bröckelte. Welch freundliche Aussicht in diesem Jammertal, ein EM-Viertelfinale mit zwei fachkundigen Fans zu schauen.

»Gut, ihr habt mich überredet, aber wehe, es gibt morgen früh Gejammer, wenn ihr zur Schule müsst ...«

Dann das Übliche, hast du alles, was du brauchst, weißt du schon, wie lange du bleiben musst, jaja, meine Mutter übernimmt die Kinder jetzt in der Krankenhauszeit Montag und Dienstag nachmittag, und Harald würde auch einspringen, wenn er sich freinehmen kann. Von wegen die Mannschaft ist der Star, sind deine netten Kollegen wenigstens schon mal hiergewesen oder kommen sie vor lauter heiligem Lehrermittagsschlaf nicht dazu? Ach, nur der fromme Religionslehrer. Ich bringe nachher italienischen Nudelsalat mit, wir haben jetzt so viel Basilikum im Garten, dann kannst du dir das bescheidene Essen hier heute sparen ... Ein Kuss auf die Wange, und nach einer halben Stunde verabschiedeten sich Elke und die beiden Jungs ins Schwimmbad, trotz des eher herbstlichen Wetters in diesem Juni.

Kaum waren die drei aus dem Zimmer, wurde Regina von einer riesigen Wehmutswelle überschwemmt. Verdammter Knöchel, heißgeliebte Kinder, ja auch geliebte Elke, nein, deswegen liebte sie Cristina nicht weniger, ihre Mutter, dieses Krankenhaus, das sie besser kannte, als ihr lieb war und das sie zum ersten Mal aus der Patientenperspektive sah, ihr

Vater, Harald, die Entscheidungen, die anstanden, und tausend andere Gründe, die ganzen letzten Jahre, die Zukunft und alles. Das erste Schluchzen versuchte sie noch zu unterdrücken, dann gab sie sich geschlagen, zog die Decke über den Kopf und begann hemmungslos zu heulen. Vergaß die Zimmernachbarin, die noch erschrocken fragte, ob sie nach der Schwester klingeln solle, bloß nicht, dann hörte sie nur noch das Aufsetzen der Krücken, das dezente Schließen der Tür und war Gott sei Dank allein.

Angefangen hatte alles vor vier Jahren, als ihrer Mutter die Diagnose fortgeschrittener Knochenmetastasen gestellt wurde. Regina hatte damals gerade ihr Referendariat beendet und keinerlei Aussicht auf eine Stelle im Großraum München gehabt. Als sie die Hilflosigkeit sah, mit der ihr Vater der Krankheit seiner Frau begegnete, hatte sie beschlossen, den größten Nie-wieder-Schwur ihres Lebens zu brechen. Sie zog nach fast zwanzig Jahren zurück in das Dorf, in dem sie die ersten neunzehn Jahre ihres Lebens verbracht hatte, in die Einliegerwohnung im Haus ihrer Eltern, um ihre Mutter in den letzten Monaten ihres Lebens zu begleiten. Cristina blieb in München, was sollte sie auch hier, schon in München war eine lesbische Argentinierin jenseits der Innenstadt schnell eine Exotin, aber in Franken?

Cristina, wunderbare und geliebte Frau, aber Cristina war auch unerträglich eifersüchtig. Auch nach zehn Jahren sorgte diese Tatsache für regelmäßige Dramen. Zwar zweifelte sie daran, dass Cristina sich selbst ebenso streng an das Treuegebot hielt, wie sie es von Regina forderte. Cristina hatte in den letzten Jahren die eine oder andere Affäre gehabt, da war sie sich ganz sicher. Nur auf Elke war Cristina nie eifersüchtig gewesen. Regina hatte sie im Streit einmal gefragt, wie sie eigentlich die permanente Gegenwart von Elke ertragen könne. Cristina hatte abgewinkt, nein, das sei etwas ganz anderes: »!Ella es de la familia, coño!« – schließlich sei Elke die Mutter von Lukas und Florian. Das konnte verstehen, wer wollte, Regina verstand es nicht. Oder vielleicht doch. Aber langsam drängte Cristina sie, sich um eine Versetzung nach München zu bewerben, sie sei lange genug in der fränkischen Diaspora gewesen und sie, Cristina, wolle auch einmal mit ihrer Geliebten zusammenleben. Doch weg von den Kindern? Und Elke? Aber vielleicht war es der richtige Moment für diesen Schritt, jetzt, wo Harald ...

Sie kannte Elke seit ihrer Kindheit, wie man sich im Dorf eben kennt. Als sie beide nach der zehnten Klasse ins Wirtschaftsgymnasium wechselten, wurde daraus eine dicke Freundschaft, ach was, viel mehr, sie hatten die letzten drei Schuljahre Tag und Nacht, wenn auch mehr oder weniger platonisch, miteinander verbracht. Regina war nach dem Abitur sofort zum Studium nach Berlin gegangen, bloß weg aus dem Dorf, Elke hatte in München studiert. Die große Stadt Berlin war ebenso wie die Sehnsucht nach der Freundin zu groß für Regina gewesen, und auch das Wetter war furchtbar. Nach dem ersten Semester wechselte sie nach München, zog zunächst zu Elke in deren Ein-Zimmer-Wohnung, und erst jetzt wurde ihre Beziehung eine richtige Liebesbeziehung. Für Regina hätte das Leben ewig so weitergehen können. Aber Elke brach nach zwei Jahren das erste Mal aus der Beziehung aus, gestand ihr eine Affäre mit einem Mann, und nach zwei weiteren Jahren eröffnete sie ihr, dass sie Regina zwar wahnsinnig gern habe, aber doch glaube, eher heterosexuell zu sein.

In den nächsten Jahren hatten sie versucht, eine freundschaftliche Beziehung aufrechtzuerhalten; Regina hatte sich brav die Männer vorstellen lassen, mit denen Elke ihre neuentdeckte sexuelle Orientierung lebte. Wenn es gerade keinen jungen Mann an ihrer Seite gab, dachte Elke darüber nach, ob sie nicht vielleicht doch lesbisch, ganz bestimmt aber bi war. Elke und sie unternahmen noch zwei Versuche, sich wieder zusammenzutun; es endete jeweils durch eine neue heterosexuelle große Liebe Elkes. Regina hatte schließlich den Kontakt – nun, wenn nicht abgebrochen, so doch entschieden einschlafen lassen.

Als sie zurück in das Dorf zog, was erst nur als vorübergehende Lösung gedacht war, hatte Regina von ihrer Mutter erfahren, dass Elke nun in einem der Nachbardörfer lebte, zwei Kinder ohne Vater hatte und als Bibliothekarin in der nächsten Stadt arbeitete. Nach ein paar Wochen hatte sie angerufen. Die Erleichterung, mit einem Menschen zu sprechen, der nicht nur sie kannte, sondern auch ihre Mutter, die sichtlich von der verfluchten Krankheit aufgefressen wurde, war unglaublich gewesen. Elke war ihr sehr vertraut, und zugleich hatte sie das Gefühl, mit einer ganz anderen, erwachsenen Frau zu sprechen. Das Gespräch war der Beginn einer großen Freundschaft.

Die beiden Söhne hatten natürlich einen Vater, einen Arzt, der sich, als die Kinder zwei und sechs Jahre alt waren, von Elke getrennt hatte und jetzt in Kuwait lebte und arbeitete. Alle drei Monate war Vater-Wochenende, ein Ereignis, das Elke all vierteljährlich völlig aus dem Gleichgewicht warf. Doch die Kinder liebten diesen Mann von einem anderen Stern, der jedesmal mit einem riesigen exotischen Mietwagen vorfuhr. Nach den Wochenenden ersannen sie in schöner Regelmäßigkeit ausgeklügelte Komplotte, wie Elke und ihr Vater Dirk wohl am besten wieder zu verheiraten wären. Drei Kreuze, wenn diese Kuppeleiphase nach ein paar Tagen wieder abebbte.

Im ersten Jahr hatten sie nie über ihre einstige Beziehung gesprochen. Elke hatte das Sterben ihrer Mutter sehr nah begleitet; sie war Regina in gewisser Weise näher gewesen als Cristina, die nicht die Erfahrung des Dorfes und der Kindheit mit ihr teilte. »Regina, es tut mir leid, ich habe mich dir gegenüber unmöglich benommen damals, aber ich denke, das ist lange genug her, um es einfach zu vergessen und jetzt besser zu machen«, hatte Elke einmal völlig unvermittelt gesagt. Regina hatte nur genickt. Nein, man musste nicht über alles reden – was jetzt war, war ein neues Kapitel. Natürlich aufgebaut auf dem Bodensatz der Vertrautheit und des Vertrauens, den eine jahrelange gemeinsame Geschichte schaffen konnte, aber das war keine Fortsetzung, keine Wiederaufnahme, keine Revanche – es war ein ganz neues Jetzt.

Jetzt, das waren auch die Kinder, in die sie sich umgehend verliebt hatte. Nach dem Tod ihrer Mutter hatte sie sich erfolgreich auf eine Lehrerinnenstelle an einer Schule in der Gegend beworben und war dann in Elkes Dorf gezogen. Den kurzen Weg von Reginas zu Elkes Haus konnte auch der damals kaum fünfjährige Lukas allein gehen.

Mit der Zeit hatte es sich ergeben, dass Regina die Kinder öfter von der Schule abholte, die auf ihrem Arbeitsweg lag, und sie an den Arbeitstagen Elkes, die eine halbe Stelle in der kommunalen Bibliothek hatte, unter ihre Fittiche nahm. Mangels Fußballbegeisterung auf Elkes Seite war es Regina, die

die Kinder sonntags häufiger zu den Fußballspielen ihrer Jugendmannschaften fuhr. Sogar Cristina, die ein großes Herz und wenig Ahnung von dem Sport hatte, aber der parteiischste Fan und die weltbeste Trösterin war, begleitete die drei hin und wieder gerne und bejubelte die Aktionen der Kinder mit voller Leidenschaft. Sie machten gemeinsame Ausflüge in den Ferien, die sie – großes Privileg einer Lehrerin – immer mit den Kindern gemeinsam hatte. Wieder hätte das Leben für Regina ewig so weitergehen können.

Nun hatte Elke sich vor ein paar Monaten neu verliebt, was die Zukunft des Familienlebens, wie Regina es bei sich nannte, in Frage stellte. Nein, ihre leise Befürchtung, Elke könnte Regina nun langsam aus ihrem und dem Leben der Kinder drängen, hatte sich nicht bewahrheitet. Elke räumte Regina weiter den Platz ein, den sie in den letzten Jahren eingenommen hatte. Aber ihre gemeinsame Welt veränderte sich, entwickelte sich langsam auseinander. Familie hieß, zusammen Zukunft zu planen und sich zusammen Sorgen zu machen. Sie hatten gemeinsam überlegt, auf welche Schule Florian nach der Grundschule gehen sollte, hatten sich zusammen für die freundlichere und fortschrittlichere entschieden, die allerdings etwas aufwendiger zu erreichen war. Beide waren sie jede für sich und heimlich Florian gefolgt, als er das erste Mal allein mit dem Zug zur Schule fuhr. Vor der Schule hatten sie sich getroffen, hatten so gelacht und ein bisschen geweint vor Lachen, aber nicht nur. Jetzt war ein weiterer Erwachsener da, der plante, sich sorgte und Elke auf einer ganz anderen Ebene nahestand als sie. Harald war ein netter Typ, das musste Regina zugeben; er hatte selbst eine zehnjährige Tochter, was Florian naserümpfend zur Kenntnis genommen hatte. Bis auf Regina, die kraft ihres formvollendeten Fallrückziehers in die Riege der ernstzunehmenden Menschen aufgenommen war, und seine Mutter, die außer Konkurrenz lief, hielt er die weiblichen Wesen dieser Welt für schlicht überflüssig, insbesondere, wenn sie in seinem Alter waren. Cristina ging gerade noch durch, weil sie so leidenschaftlich auf Spanisch über den Schiedsrichter fluchen konnte. Florian hatte sich sofort an Harald gehängt, Harald hier und Harald da; er war stolz, wann immer er Harald an seiner Seite hatte, da hatte die Faszination Mann voll zugeschlagen. Lukas war misstrauischer, für ihn war Harald anfangs ein Eindringling in sein Universum gewesen, und er hatte zunächst eifersüchtig an seiner Mutter geklebt, aber auch das änderte sich langsam.

Regina war nach wie vor die Fußballgöttin und Hausaufgabenmeisterin, aber vielleicht sollte sie eine Entscheidung treffen, bevor ihr diese aus der Hand genommen wurde. Sich nach München bewerben, mit Cristina leben, der dörflichen Enge, die nach zwanzig Jahren ja immer noch herrschte, wieder Lebwohl sagen ...

Sie weinte. Sie weinte über ihre Mutter, sie weinte über die Familie, die eine war und doch keine war, sie weinte aus Angst, sie zu verlieren, sie weinte wegen Cristina, die in München bestimmt mit anderen Frauen flirtete, und sie weinte, weil sie auf jeden Fall der einsamste Mensch der Welt war.

Das dauerte. Ihr kam es vor wie Stunden, bis endlich nur noch halbtrockene Schluchzer aus ihr aufstiegen. Ihr Kopf dröhnte, die Nase war verstopft, pinkeln musste sie auch – so konnte sie die Jungs doch nicht empfangen. Aufstehen ging ja nicht. Wasser musste her, eine Schmerztablette, ein Kamm und gute Laune für den Abend. Sie schneuzte sich, atmete tief durch, griff zur Fernbedienung, um sich schon einmal in EM-Stimmung zu bringen und sich noch ein paar Minuten zu geben, bevor sie die Klingel nach der Krankenpflegerin drückte.

Am späteren Abend dieses 24. Juni 2004 waren im Estádio da Luz in Lissabon in der Viertelfinalpartie der Fußballeuropameisterschaft Portugal gegen England fünfzehn Tore zu sehen. Nach 90 Minuten stand das Spiel 1:1, nach der Verlängerung 2:2. Portugal gewann das anschließende Elfmeterschießen mit 6:5 Toren. In der 27. Spielminute musste der achtzehnjährige englische Wunderstürmer Wayne Rooney wegen eines Knochenbruchs im Fuß ausgewechselt werden. Den Engländern wurde in der 90. Minute ein Treffer von Campbell wegen eines mutmaßlichen Fouls im Strafraum vom Schiedsrichter aberkannt. Rui Costa brachte in der Verlängerung die portugiesische Mannschaft vorübergehend mit 2:1 in Führung. Kurz vor dem Abpfiff erzielte Frank Lampard den Ausgleichstreffer, der die Engländer ins Elfmeterschießen rettete. David Beckham schoss seinen Elfmeter weit übers Tor in den portugiesischen Nachthimmel und die englische Mannschaft damit aus dem Turnier.

Nach dem Spiel hatten alle Zuschauer im Krankenzimmer 314 der Rother Kreisklinik, auch der Stationsarzt, feuchte Augen. Lukas weinte unverhohlen und übermüdet über das Missgeschick seines Idols Beckham. Nur Florian tanzte in hämischer Großer-Bruder-Manier um Reginas Bett und feierte den portugiesischen Einzug ins Halbfinale.

Als die Familie den Heimweg angetreten hatte, erhielt Regina eine SMS von Cristina, die aus unerklärlichen Gründen und trotz der Falkland-Inseln glühender England-Fan war. »Que hijo de puta, der Schiri. Du fehlst mir, wann kommst du endlich zurück? C.«

»Bald. Auf jeden Fall vor der WM. Suche ab morgen eine Stelle in M. 1000 Küsse, R.«

Die Große Ex –
Wenn die Große Liebe zur Ex wird

Es hatte noch nicht einmal *plop!* gemacht. Neben dem Nibelungenschatz barg der Rhein nun auch zwei goldene Ringe, auf denen je zwei Initialen und ein Datum, der 15. Mai 1993, ihr Einsegnungsdatum, eingraviert war. Beide warfen sie noch eine weiße Lilie hinterher, standen etwas betreten am Ufer und schauten den trudelnd schwimmenden Blumen nach.

»So.«

»Ja. Das ist jetzt auch vollbracht.«

»Mir ist kalt. Ich möchte hier auch nicht mehr rumstehen, sonst kriege ich richtig schlechte Laune.«

»Sollen wir noch einen Kaffee trinken gehen?«

»Ach, lass mal, das machen wir ein andermal. Ich will nur noch in die Badewanne und meine Ruhe haben. Soll ich dich mitnehmen? Ich hab nicht weit von hier geparkt.«

»Nee, ich laufe gern noch ein bisschen. Das tut mir jetzt ganz gut.«

»Dann verabschieden wir uns hier und sofort?«

»Ja, hier, und zwar kurz und schmerzlos. Mir wird das gerade zu dramatisch.«

»Tschüs. Oder muss ich heute lebwohl sagen?«

»Hör bitte auf. Einfach nur tschüs. Lass uns mal telefonieren.«

»Tschüs.«

»Was dieser Moment mit uns machen würde, hatten wir beide unterschätzt. Ich hatte sogar noch eine Flasche Sekt in der

Tasche gehabt, weil ich dachte, wir sind ja so locker, alles ist geklärt zwischen uns, da stoßen wir doch noch mal eben auf unsere getrennte Zukunft an. Alles in Butter, die Trennung überstanden, beide haben wir neue Partnerinnen, und wir sind wunderbar befreundet. Aber die Partnerinnenringe im Rhein versenken, das ist doch ein ziemlich brutaler Akt. Wir hatten uns beide ein Ritual gewünscht, das die Einsegnung, also unser Anfangsritual, abschließt oder aufhebt. Scheiden lassen konnten wir uns ja nicht, also haben wir uns das so ausgedacht. Irgend etwas musste mit den Ringen ja auch passieren – so was kann man nicht einfach in die Schublade legen oder einschmelzen oder ins Pfandhaus tragen. Aber es war gruselig. Ich habe danach Rotz und Wasser geheult, und vielleicht hat diese Aktion genau deswegen ihren Zweck auch sehr gut erfüllt. Man hat ja nicht so viele große Lieben im Leben. Da darf man auch drei Jahre später noch einmal drüber heulen.«

Über kurz oder lang

Es gibt kleinere und größere Lieben im Leben, und es gibt die Große Liebe. Da kann man die romantische Liebe noch so schlüssig als reine Ideologie entlarven, die für unabhängige Menschen allemal kein lebbares Modell ist. Im wirklichen Leben schlägt die Große Liebe manchmal zu, und dann hat sie für zwei Biographien eine wesentliche Bedeutung, die keine noch so kluge Analyse unterschlagen kann.

Allerdings hängt die Frage, ob zwei Menschen zusammenbleiben, nicht ausschließlich von der Größe ihrer Liebe ab.

Da spielen noch ganz andere Faktoren eine Rolle. Es muss ihnen gelingen, all die Dinge auszuhandeln, die in einer Beziehung ausgehandelt werden müssen – der Balanceakt zwischen Freiheit und Sicherheit muss glücken. Wenn er misslingt, wird die Große Liebe zur Großen Ex. Sie ist von da an der Horror für alle nachfolgenden Geliebten, und meistens ist sie gemeint, wenn eine beim Wort Ex nur die Augen verdreht und Stoßgebete zum Himmel schickt. Sie ist der Schatten, der aus der Vergangenheit in gegenwärtige Beziehungen hineinreicht, und sie ist meist auch in Fleisch und Blut als wichtige und unanfechtbare Bezugsperson im Leben der anderen vorhanden. Keine Lebensentscheidung wird ohne den Rat der Großen Ex getroffen, und die mal gelassene, mal nervtötende Vertrautheit zwischen den beiden stellt den Langmut einer jeden neuen Geliebten hart auf die Probe.

Vielleicht wird bei den Großen Lieben die besondere Ex-Beziehung tatsächlich schon im Trennungsprozess angelegt, vor allem wenn es lange Lieben waren. Denn lange Beziehungen ziehen auch lange Trennungsphasen nach sich – obwohl ich nicht sicher bin, ob ich mich der verbreiteten These anschließen würde, getrennt sei ein Mensch erst dann, wenn eine Beziehung mindestens halb so lange vorbei ist, wie sie Bestand hatte. Jedenfalls wird eine Beziehung, die über viele Jahre dauerte, nicht von heute auf morgen aufgelöst. Der Trennungsschmerz kann lange währen, chronisch auftreten und weit in spätere Liebesbeziehungen hineinwirken.

Natürlich verhalten sich Größe der Liebe und Zeitdauer einer Beziehung nicht immer proportional zueinander. Auch kurze Lieben können groß sein, und bei manchen weiß eine erst, wenn alles vorbei ist, dass es eine Große Liebe war.

Schlimmer noch, manchmal währte die Liebe zu kurz für ihre Größe und mindestens eine von beiden trägt nach dem Ende noch zuviel unausgegorene Liebe mit sich herum, die sich ein Ventil suchen muss. Und so drängt sie posthum entweder als Wut oder in Form der intensiven Ex-Beziehung – gerne auch beides nacheinander und durcheinander – danach, gelebt zu werden.

Ob nun kurz oder lang, die Große Liebe reicht nicht immer aus, zwei Menschen ein Leben lang in einer Beziehung zu halten. Und so wird die Große Liebe irgendwann zur Großen Ex, die weiterhin oder nach einer angemessenen Quarantänezeit wieder eine wichtige Rolle im Leben der Ex-Geliebten spielt. Die Große Ex im lesbischen Leben ist die, bei der die Trennung zwar die bisherige Beziehungsform beendet, die Liebe dadurch aber nur den Aggregatzustand geändert hat, der offensichtlich kein flüchtiger, sondern ein sehr beständiger ist.

Manchmal ist aber auch das Gegenteil wahr, und dann war die Große Ex gar nicht die Große Liebe. Auch unbedeutende Lieben können wichtige Ex-Beziehungen nach sich ziehen. Dann ist es, als habe frau erst mit dem Zustand »Ex« die passende Bezugsform gefunden – manche Konstellationen taugen nicht zur Liebe, führen aber zu Großen Ex-Beziehungen. Die Liebe ist in solchen Fällen nur die Aufwärmphase für eine wunderbare Freundschaft.

Ex und Sex

»Mit unserer Trennung war vor allen Dingen eines klar: Das Thema Sex ist jetzt geklärt, abgeschlossen, das war endlich ausgesprochen. Wir waren ja nicht blöd, natürlich ist uns beiden aufgefallen, dass wir keinen oder nur noch sehr selten Sex miteinander hatten. Wir haben auch während unserer Beziehung schon darüber gesprochen, aber über diesen Gesprächen lag immer ein großes Tabu – es durfte nicht sein, dass wir uns dauerhaft damit arrangieren, keinen Sex mehr miteinander zu haben. Es ging immer um das Warum und darum, wie dieser Zustand zu ändern ist.

Aber für mich war diese wahnsinnige Vertrautheit, die wir miteinander hatten, mit einem spannungsgeladenen Begehren einfach nicht mehr zu vereinbaren. Mag sein, dass es Frauen gibt, die es auch innerhalb einer Liebesbeziehung schaffen, immer wieder so viel Abstand zueinander zu haben, dass genug Raum für Spannung und Erotik bleibt, aber bei uns – oder für mich – war der Zug einfach abgefahren. Zärtlichkeit, ja, das ist was ganz anderes, ich würde auch heute noch sagen, dass uns eine zärtliche Liebe verbindet. Für mich aber fiel durch die Trennung ein unheimlicher Druck weg – also vor allem durch das Eingeständnis, dass wir die sexuelle Wiederbelebung unserer Beziehung nicht mehr hinkriegen werden und müssen.

Und so verschwanden ganz viele Minenfelder, durch die sich unsere Beziehung bewegt hatte. Wir haben uns getrennt, weil wir uns nur noch gestritten haben, weil uns die Liebe abhanden gekommen war, und kaum war die Trennung ausgesprochen, kehrte schlagartig die Liebe zurück. Ich saß vor dieser Frau, die sich gerade von mir getrennt hatte, und mir war klar wie nie zuvor, ich liebe sie, ich möchte, dass wir noch viele Jahre miteinander haben.

Wir haben dann auch nie voneinander gelassen, haben nie den Kontakt abgebrochen. Es war eher so, dass das Reden nach der Trennung leichter war als vorher, weil wir nichts mehr zu verlieren hatten. Natürlich war das auch sehr schmerzhaft, aber wir waren ehrlicher miteinander. Wobei wir auch Glück hatten, weil sich keine von uns sofort neu verliebt hat, im Gegenteil, das hat sehr lange gedauert.«

Sind enge Ex-Beziehungen demnach schlicht Liebesbeziehungen ohne Sex? Vielleicht ist es manchmal so, aber ich glaube nicht, dass die Dinge so einfach liegen. Wesentliches Merkmal von Ex-Beziehungen ist natürlich meist die Wandlung einer einst auch sexuellen Beziehung in eine platonische Beziehung. Aber wäre dies der entscheidende Unterschied zwischen Liebe und Ex, würde sich daraus ergeben, dass Liebesbeziehungen, in denen keine gemeinsame Sexualität mehr gelebt wird, im Grunde Ex-Beziehungen sind. Nur dass niemand sie so nennt. Diese These ist zwar in mancherlei Hinsicht verlockend, aber ich halte sie für falsch – in Paarbeziehungen wirken die unterschiedlichsten Mechanismen, da spielen Nähe, Intimität, Vertrauen und auch Symbiosen eine wichtige Rolle. Sexualität und Begehren sind nicht das Alleinstellungsmerkmal von Paarbeziehungen, es geht im Zweifelsfall auch ohne. Die sexuelle Enthaltsamkeit eines Paares setzt nicht einfach alle Beziehungsmechanismen außer Kraft. Natürlich ist die gemeinsam gelebte oder eben nicht gelebte Sexualität dennoch ein wichtiger Katalysator in Beziehungskonflikten. Sei es vorübergehend oder dauerhaft – wenn im Bett nichts mehr los ist oder die gemeinsame Sexualität als unbefriedigend empfunden wird, steht eine Auseinandersetzung mit offenem Ausgang an, die nicht selten mit Trennung endet. Nicht immer, aber oft, nachdem sich eine von beiden ganz plötzlich und unsterblich in eine andere Frau verliebt und das Begehren einfach neue Wege einschlägt.

Aber Sex in Beziehungen ist kein losgelöster Faktor, der unabhängig vom Beziehungsalltag gelebt wird. Langeweile, Gewohnheit und Konflikte im Alltag schlagen sich meist auch sehr schnell auf die Laken nieder. So ist Sex, besser: Nicht-Sex in Beziehungen gleichzeitig sowohl Ursache als auch Symptom von Schräglagen und unausgesprochenen Bedürfnissen. Wer in Beziehungen über Sex redet, redet meist gleich über die ganze Beziehung – oder sollte es tun, Aphrodisiaka allein lösen Sex-Probleme meist nicht. Mangelnder Sex ist Auslöser vieler Trennungen, Trennung ist jedoch mehr als der offizielle Totenschein für den unwiderruflich eingetretenen Lesbian Bed Death.

Wer sich trennt, lässt los oder erklärt zumindest das gegenseitige Loslassen zum Ziel dieser letzten Beziehungsauseinandersetzung. Egal, was danach noch einmal möglich sein wird – richtig Schluss ist dann, wenn beide an den Punkt gelangen, an dem es das Wichtigste ist, die Beziehung aufzulösen. Ob dabei noch ein freundschaftlicher Kontakt über das Ende hinweg gerettet werden kann, zählt in dieser Phase nicht unbedingt. Da stehen erst einmal der Wunsch und die Notwendigkeit, loszulassen und losgelassen zu werden im Mittelpunkt. Trennung ist, wenn beide volles Risiko gehen und die andere ziehen lassen.

Je größer die Liebe einmal war, desto mehr gilt es loszulassen, und das ist ein sehr schmerzhafter Prozess, der aber zugleich befreit. Ex-Geliebte begegnen sich – wenn sie sich wieder begegnen – nach der Trennung freier und empfinden sich selbst dann häufig als reifere Menschen.

»Jetzt, wo wir seit Jahren getrennt sind, ist unser Umgang mit Grenzen und Rollen eher spielerisch geworden. Wenn ich heute jammere, mich klein mache und sozusagen das Kind raushängen lasse, reagiert meine Ex tatsächlich oft darauf, indem sie brav die Rolle des Gegenparts übernimmt. Sie tröstet mich, baut mich auf oder mimt die Strenge und sagt, ich solle mich nicht so hängen lassen. Aber es ist ganz klar, dass das ein Spiel ist, dass wir Rollen übernehmen, die wir danach auch wieder verlassen können, dürfen und müssen. Es ist klar, dass jede sie selbst bleibt und das Spiel in jedem Moment stoppen darf.

Früher ging es immer ums Ganze. Und dann dominierte ganz schnell die Angst, dass wir diese Rollen nicht mehr verlassen können und in einem warmen Sumpf von Abhängigkeit steckenbleiben. Da friert man zwar nicht, versinkt aber allmählich und spürt die eigenen Grenzen nicht mehr.

Ich will das Bild ja nicht überstrapazieren, aber ich würde sagen, diesen Sumpf haben wir trocken gelegt. Jetzt ist es eher eine Fangopackung oder ein Moorbad – einsteigen und aussteigen. Kein: Du liebst mich, also musst du mich verstehen, mich trösten, immer für mich da sein, darfst nicht genervt sein und so weiter. Wir haben unsere Ansprüche aneinander zurückgefahren, und letztlich habe ich das Gefühl, dass wir uns deswegen nicht weniger geben und voneinander bekommen als vorher. Klar, wir müssen jetzt auch keinen Alltag mehr miteinander leben, da ist das natürlich einfacher. Aber ich denke, dass jede Liebesbeziehung, die funktioniert, das leisten muss, was wir erst in unserer Ex-Beziehung entdeckt haben: Jede hat ein Recht auf Grenzen und Unabhängigkeit und keinen Anspruch auf automatische Zuwendung.«

Es geht also um viel mehr als Sex oder Nicht-Sex. Das emotionale Elixier, das die Ex zur Großen Ex macht, hat viele Zutaten. Neben der Erinnerung an eine einmalige Liebe und Leidenschaft sind dies jahrelange Vertrautheit, ungebrochene Zuneigung, aber vor allem auch die bewusste Erfahrung des Loslassens. Letzteres scheint mir der wichtigste Punkt zu sein. Veränderungen im Leben sind ohne Ablösungsprozesse nicht möglich. Die andere trotz durchaus noch vorhandener Emotionen gehen zu lassen, schweißt jedoch nach dem Ende manchmal wieder zusammen. Es ist wohl auch diese noch einmal gemeinsam gemachte Erfahrung des Loslassens, die Ex-Geliebte dann verbindet. Das mag paradox scheinen, aber frau trennt sich, um festgezurrte Knoten zu lösen – sind sie gelöst, kann sich das Verhältnis wieder entspannen und zuweilen erstaunliche Wege einschlagen.

In dem Begriffspaar von Loslassen und Nähe zeichnet sich immer wieder eine unübersehbare Parallele zu dem Ablösungsprozess aus der Mutter-Kind-Beziehung ab, deren Erleben für den persönlichen Erfahrungshorizont von existenzieller Bedeutung ist. Nein, die Mutter ist nicht die erste, die beste und die letzte Ex im Leben einer Lesbe, und die Mütter sind auch nicht an allem schuld; vorschnelles Mother-Blaming ist hier fehl am Platz. Doch als erster prägender Ablösungsprozess, der sich über fast zwei Jahrzehnte des Lebens hinzieht, verdient die Mutter-Tochter-Beziehung in diesem Zusammenhang durchaus nähere Betrachtung.

Aus Sicht der Psychoanalyse sind Beziehungen Interaktionen, in denen Erfahrungen aus der primären Frau-Frau-Beziehung zwischen Mutter und Tochter fortgesetzt oder wiederholt werden. Das Muster, auf das sich jede enge Beziehung zwischen Frauen entweder in Abgrenzung oder Bestätigung zwangsläufig bezieht, ist die von jeder Frau erlebte Mutter-Tochter-Beziehung. Denn die erste und für die Entwicklung bis zum Erwachsenwerden wichtigste Frau im Leben der allermeisten Frauen ist eben die Mutter. Sie bleibt die unterste Folie, auf der jede Welt- und Selbsterfahrung, Beziehung und Loslösung im Leben von Frauen – aber auch Männern – stattfindet. Die klassischen Dynamiken von Beziehungen, ausgelöst durch Abgrenzung, Angst vor Liebesverlust, Sicherheit, Abhängigkeit und Symbiose, werden alle das erste Mal in der Beziehung zur Mutter erlebt. Und sie werden im Kleinkindalter als extrem existenziell erfahren, denn hier ist die Abhängigkeit ja tatsächlich eine sehr reale und keine selbstgeschaffene wie in späteren erwachsenen Beziehungen.

Das alles gilt zwar letztlich für Männer wie für Frauen, aber die Mutter-Tochter-Beziehung ist eine Beziehung von Frau zu Frau, und das Role Model der Mutter-Tochter-Beziehung ist für lesbische Beziehungen daher meist prägender als für Heterobeziehungen. Deren Bezugsmuster liegt eher in der Vater-Tochter- oder der Mutter-Sohn-Beziehung. Und so wie die Welt gestrickt ist, in der wir alle aufgewachsen sind, unterscheiden sich diese Muster erheblich voneinander. Sie bieten in weiten Teilen sehr unterschiedliche Modelle, wenn Distanz und Nähe, Symbiose und Begehren zwischen zwei Menschen ausgehandelt werden.

Schließlich ist Symbiose nicht gleich Symbiose, auch hier folgen Beziehungen unterschiedlichen Mustern, die jeweils von der Mutter- oder Vaterbeziehung geprägt sind. So enthält das Klischee-Bild des Lesbenpärchens, das sich gegenseitig bemuttert und sich äußerlich mit den Jahren immer mehr annähert, bis sich fast eine Art Familienähnlichkeit in Frisur, Dress und Gesten, Ansichten und Sprechart einstellt, eben auch das bekannte Körnchen Wahrheit. Wenn lesbische Beziehungen zur Symbiose neigen, handelt es sich eher um eine extreme Angleichung und Verschlingung bis hin zur Identifikation – ein klassisches Mutter-Tochter-Muster eben. Im Gegensatz dazu stehen Symbiosen der Art, wie sie eher in heterosexuellen Beziehungen zu finden sind. Hier wird der/-die andere als Verlängerung des eigenen Ichs empfunden – im Volksmund gern die jeweils bessere Hälfte genannt.

Allerdings ist die Mutter-Tochter-Beziehung nicht nur für die Art, Beziehungen und Symbiosen zu leben, ein wichtiger Bezugspunkt für Frauen. Auch jeder Prozess des Loslassens ist geprägt von diesem Erfahrungshintergrund, er spielt damit im Trennungsprozess zweier Frauen ebenfalls eine wichtige Rolle. Ein wesentlicher Aspekt der Mutterbeziehung ist, dass sie von Anfang an auf ihre Aufkündigung zusteuert. Ihr Weg führt von der Abhängigkeit der Tochter in die Unabhängigkeit, physisch und psychisch. Die Mutterbeziehung ist sozusagen dann erfolgreich verlaufen, wenn die Ablösung positiv gelingt, ohne lebenslange Schuldzuweisungen und deren Kehrseite, das schlechte Gewissen. Die Mutter-Tochter-Beziehung ist von den ersten wackeligen Schritten bis hin zum Auszug der Tochter ein Prozess, der sich permanent vom Pol der Identifikation und Abhängigkeit hin zum Pol der eigenen Identität und Unabhängigkeit verlagert.

Im positiven Fall gestaltet dieser Prozess sich so, dass die Tochter sich in Beziehungen, die von Selbständigkeit geprägt sind, wohler fühlt als in solchen, die von Abhängigkeit bestimmt werden. Die Mutter-Tochter-Beziehung selbst wandelt sich mit der Selbständigkeit der Tochter – wie gesagt im besten Fall – zu einer gleichberechtigten Bindung zwischen jetzt unabhängigen Individuen.

Schon an anderer Stelle habe ich behauptet, eine Trennung werde dann oft als befreiender Loslösungsprozess empfunden, wenn die Individuation, die eine Trennung immer bedeutet, letztlich als identitätsstärkend erlebt wird. Zweifellos sind Symbiosen und viele Konflikte in Beziehungen wiederholte oder fortgesetzte negative Erfahrungen aus der Mutter-Tochter-Beziehung. Ebenso kann jedoch eine abgeschlossene Trennung auch die Wiederholung der positiven Aspekte des Lösungsprozesses aus der Mutterbeziehung bedeuten.

Immer wieder haben mir Frauen, mit denen ich über ihre Beziehungen zur Ex-Geliebten gesprochen habe, bestätigt, dass sie diese im Vergleich zu der vorangegangenen Liebesbeziehung als erwachsenere, reifere Beziehung empfinden. Natürlich erleichtert die größere Distanz zwischen beiden Beteiligten, die die Beziehung zur Ex prägt, diese subjektiv erfahrene Reife. In Liebesbeziehungen wirken andere Mechanismen, was nicht heißen muss, dass diese kindlicher oder unerwachsener wären. Liebesbeziehungen sind ihrem Wesen nach grundsätzlich intimer und berühren daher andere Erfahrungen und Gefühlswelten.

Liebesbeziehung und Ex-Beziehung müssen bei dieser Betrachtung auch gar nicht miteinander verglichen oder gar gegeneinander ausgespielt werden. Wichtig ist mir nicht die Abwertung der immer wieder ins Spannungsfeld von Symbiosen geratenden Liebesbeziehung, sondern der Aspekt der produktiven Trennungsverarbeitung. Bei einander zugewandten Ex-Geliebten hat nach der Trennung eine Übertragung stattgefunden, die sich in der positiven Interpretation der gegenwärtigen Situation mit der Ex-Geliebten äußert.

Im entspannten Umgang, den Ex-Geliebte miteinander haben, ist es gelungen, die positiven Gefühle, die durch die Loslösung aus der Mutter-Tochter-Beziehung auch ausgelöst werden – Selbständigkeit und Unabhängigkeit –, auf die aktuelle Trennungserfahrung im erwachsenen Leben zu übertragen. Das Handwerkszeug, das jede durch die Loslösung aus der zunächst durch Abhängigkeit geprägten Mutter-Tochter-Beziehung mit auf den Weg bekommen hat, konnte konstruktiv für die Trennungsverarbeitung eingesetzt werden.

Die Wandlung einer Beziehung in eine Ex-Beziehung ist mit Blick auf die Mutter-Kind-Beziehung die Wiederholung eines Archetypus, der das Leben vom Ausstieg aus der Wiege an begleitet und letztlich als lebensnotwendig erfahren wird. Die archetypische Suche nach der Mutter in jeder Beziehung ist ja schon fast eine populär-psychoanalytische Platitude – dass frau sie ausgerechnet in der Ex-Beziehung findet, mag schon eher überraschen. Aber tatsächlich könnte es diese in der Ex-Beziehung wiederholte Ablösungserinnerung sein, die die Trennung zumindest im nachhinein als identitätsstärkend deutet und zugleich die Wiederbegegnung in einer dann als »erwachsener« erlebten Bezugnahme ermöglicht.

Andere Menschen fuhren in den Urlaub, machten ausgedehnte Strandspaziergänge oder setzten sich in den Wald, wenn sie schwierige Entscheidungen fällen mussten. Doris konnte am besten in billigen Ramsch-Läden nachdenken. Ihre wichtigsten Lebensentscheidungen waren unter der Schirmherrschaft von MäcGeiz, Orient-Import/Export und »Alles für 55 Cent« gefallen. Vielleicht konnte sie von Glück reden, dass es so war, Manufactum, WMF oder Ligne Roset wären sie teurer zu stehen gekommen. Und eine Pleite im Leben genügte schließlich. Der Enterprise-Aschenbecher, die Wäschetonne aus Segeltuch mit Hasenohren, die falschen Sonnenblumen zwischen den Doppelfensterscheiben ihres Schlafzimmers und der Korkenzieher mit Wurzelholzgriff und Kölner-Dom-Plakette, den Isabel so gehasst hatte – alles Schnäppchen, die sie beim Nachdenken erbeutet hatte. Das waren in Gegenstände gegossene biographische Meilensteine, dachte sie, als sie die Salzstreuer-Kuh behutsam in Zeitungspapier wickelte und in den Umzugskarton legte. Mit dieser Kuh hatte Isabel einmal im Streit nach ihr geworfen, aber nur die Küchenwand getroffen. Doris hatte das abgebrochene Ohr später hinter der Spüle gefunden und wieder angeklebt.

Seit Isabel und sie sich getrennt hatten, vier Jahre war das jetzt her, hatte sie diese dunkle Wohnung in der Kölner Innenstadt immer nur als Zwischenlösung empfunden. Mit ihrem Trennungsschmerz hatte sie sich hier gut aufgehoben gefühlt, aber so wenig wehmütig war sie noch bei keinem Umzug gewesen. Aufgeregt war sie allerdings, mein Gott, was für ein Schritt, sie würde mit Bettina zusammenziehen. Es ging weiter, es ging einfach alles immer weiter. Vor vier Jahren hatte sie sterben wollen und vor drei Jahren behauptet, mit dem Thema Liebe habe sie in ihrem gerade einmal fünfundvierzig Jahre dauernden Leben für immer abgeschlossen. Wenige Monate später hatte sie auf einer Segelreise für Frauen, die Isabel ihr nach einer überraschenden Erbschaft geschenkt hatte, Bettina kennengelernt. Da musste doch noch irgendwo – richtig, auf dem Küchenschrank stand das Flaschenschiff aus Kiel, das sie nach ihrer ersten Nacht in der gemeinsamen Kajüte in einem Souvenirgeschäft am Hafen erstanden hatte. Die Gorch Fock. Sie hob das Schiff vorsichtig auf den Küchentisch, staubte es mit dem Ärmel oberflächlich ab und packte es in die offene Kiste.

Gut, ein wenig Angst hatte sie auch. Oder vielleicht war es gar keine Angst, sondern doch Wehmut, weil ihre Geschichte mit Isabel durch diesen Schritt ganz eindeutig zur abgeschlossenen Vergangenheit wurde.

Vor ein paar Tagen hatte sie mit Bettina einen Ausflug in die Eifel gemacht. Auf der Heimfahrt nach Köln fuhren sie an einem wunderschönen, auf einer Anhöhe gelegenen alten Haus vorbei. Bettina war ganz begeistert gewesen und hatte angefangen zu schwärmen »Mensch, Doris, es müsste ja nicht unbedingt hier sein, aber zusammen ein Haus haben und gestalten, so richtig was Eigenes zusammen aufbauen, das fände ich schon toll.«

»Mhm.«

»Verstehst du, es geht gar nicht um Besitz, sondern um einen Ort, der wirklich ein Zuhause ist. Und ich würde einfach wahnsinnig gerne irgendwann einmal aufs Land ziehen. Was meinst du? Kommst du mit?«

»Kann ich mir gerade nicht vorstellen. Ich meine, wie wäre es, wenn wir erst mal den Umzug in einer Woche hinter uns bringen? Ich finde das schon wahnsinnig mutig.«

»Ach, du bist eine Spielverderberin und ein Angsthase. Ich will gar nicht sofort aufs Land ziehen – ich will nur träumen, und zwar am liebsten mit dir zusammen.«

Sie hatte geschwiegen, und in ihr hatte es getobt. Bettina hatte recht, das war das Schlimmste. Aber sie konnte nicht. In ihrem Kopf hämmerte ein Satz, den sie nicht mehr los wurde: »Ein Haus baut man nur einmal.« Sie würde mit Bettina kein Haus bauen, das konnte sie einfach nicht, das konnte sie noch nicht einmal denken, weil sie mit Isabel ein Haus gehabt hatte. Vielleicht gab es im Leben nur eine begrenzte Anzahl von großen Dingen, die man leben konnte. Und was man einmal mit einem Menschen gelebt hatte, konnte man nicht mit einem anderen leben. Das war dann einfach verlebt, eine Karte, die man gespielt und nicht mehr auf der Hand hatte.

»Kannst du mir mal sagen, was jetzt eigentlich los ist? Sprichst du nicht mehr mit mir? Träumst du heimlich ohne mich, bist du sauer, hat es dir die Sprache verschlagen?«

»Ach Bettina, nichts und alles auf einmal. Ich kann vorerst keine Häuserträume mehr träumen – von Häusern hatte ich zu viele Alpträume, das weißt du doch. Siehst du das Schild da vorne? Da geht es zu einer Töpferei mit Antiquitätenladen. Können wir uns das nicht mal anschauen?«

Bettina hatte nicht nachgebohrt, und dafür war Doris ihr sehr dankbar. Statt dessen hatte sie den Wagen tatsächlich dem Schild nach in den Feldweg gelenkt, der zu einer alten Mühle mit einer riesigen Scheune voller Antiquitäten führte. Eine Stunde später war Doris Besitzerin eines geflochtenen

Brotkorbes, eines Ewigen Kalenders mit Bauernregeln aus dem Jahre 1912 und eines Hufeisens, das sie Bettina schenkte. »Wo immer wir unser Zelt aufschlagen – ein Glückbringer kann bestimmt nie schaden.« Bettina hatte milde gelächelt. Doris liebte Bettinas mildes Lächeln, aber in diesem Moment hätte sie losheulen können. Die Sache hatte ihr auch danach keine Ruhe gelassen, und am Abend zuvor hatte sie mit Isabel darüber telefoniert.

Doris: Würdest du es mir übelnehmen, wenn ich mit Bettina ein Haus bauen würde?
Isabel: Ich würde mich vor allem fragen, woher du das Geld nimmst und ob du das nicht vor unserer Insolvenz unterschlagen hast, du Miststück, aber ansonsten? Nein. Warum fragst du?
Doris: Ich würde es dir übelnehmen. Wag es bloß nicht. Ein Haus baut man nur einmal.
Isabel: Eifersucht? Verwechselst du da nicht etwas? *Du* bist drauf und dran, mit Bettina zusammenzuziehen, nicht ich.
Doris: Nein, nicht Eifersucht, Lebensweisheit – solche Geschichten kann man nur einmal leben.
Isabel: Da hast du recht oder vielmehr: Ich hoffe, dass es so ist. Aber unsere Geschichte ist viel mehr als ein gemeinsames Haus. Ich kann dich auf jeden Fall beruhigen, ich bin sehr weit davon entfernt, ein Haus mit wem auch immer bauen zu wollen.
Doris: Ich auch. Verstehst du denn nicht, was ich meine? Ich kann noch nicht einmal davon träumen, mit Bettina ein Haus zu haben. Ich käme mir so schäbig vor, ihr gegenüber und dir gegenüber. Das ist doch schlimm. Das ist, wie wenn mir ein

Stück Liebe amputiert wäre, weil diese Liebe bei dir geblieben ist. Das kommt nie wieder zurück zu mir.

Isabel: Sag mal, bist du prämenstruell?

Doris: Du nimmst mich nicht ernst.

Isabel: Gut, dann reden wir jetzt ganz ernsthaft darüber. Wir haben fünfzehn Jahre unseres Lebens zusammen verbracht, wir haben zusammen ein Haus gekauft und ausgebaut und wir haben zusammen ein Unternehmen gegründet. Das ist der erste Teil. Zweiter Teil: Das Unternehmen ist pleite gegangen, wir haben uns getrennt, das war die Hölle, und wir haben das Haus am Ende verkauft. Und das Grandiose an dieser Geschichte ist, dass wir uns immer noch in die Augen schauen können und wollen – oder was willst du jetzt? Das alles vergessen und so tun, als sei Bettina die erste und einzige in deinem Leben?

Doris: Jetzt bist du eifersüchtig.

Isabel: Na ja, meinst du, das geht spurlos an mir vorüber? Du ziehst jetzt mit Bettina zusammen. Ich habe dir immer zugeraten, das zu tun – nur damit das klar ist. Aber natürlich ist ganz viel von mir bei dir geblieben und andersrum genauso. Ja, ich möchte in deinem Leben bleiben, und ich habe immer gedacht, dass wir das beide wollen.

Doris: Isabel, das meine ich doch.

Isabel: Wie?

Doris: Ich kann mit Bettina kein Haus haben, weil ich das Gefühl hätte, dadurch den Platz zu besetzen, den du in meinem Leben hast und behalten sollst. Aber ist in meinem Leben dann überhaupt genug Platz für Bettina, für eine neue Liebe? Betrüge ich sie?

Isabel: Natürlich nicht.

Doris: Wieso natürlich?

Isabel: Wir sind getrennt, falls du das vergessen haben solltest. Das war schwer genug, aber jetzt lebst du eine neue Liebe, und ich lebe eine neue Liebe. Du ziehst mit Bettina zusammen, weil du deine Zukunft mit ihr planst, das alles gehört ihr. Aber du möchtest kein Haus bauen – wo ist das Problem? Andere Leute wollen kein Haus haben, weil sie Gartenarbeit hassen oder Eigenheime spießig finden – und trotzdem leben sie in glücklichen Liebesbeziehungen.

Doris: Du meinst, ich darf ganz einfach kein Haus bauen wollen?

Isabel: Ja.

Doris: Weißt du, dass ich sehr glücklich mit Bettina bin?

Isabel: Ja. Ich auch. Ich meine, es ist gut so, wie es ist.

Doris: Vielleicht kann ich ja doch irgendwann noch einmal ein Haus bauen. Aber nur ein ganz Winziges, ein Ferienhäuschen oder so.

Isabel: Du bist unmöglich.

Doris: Ich weiß, und du bist ein Schatz.

Isabel: Ich weiß. Gute Nacht.

Doris: Gute Nacht.

Die Küche war nun bis auf die notwendigsten Dinge, die sie die nächsten Tage noch brauchte, in Kisten gepackt. Sie würde ihren Kühlschrank, ihr Sofa und den ollen Küchentisch auf den Sperrmüll fahren. Bettina opferte ihre schrottreife Waschmaschine und zwei Sessel. Alles andere würden sie doppelt haben. Neben ihr standen fünf vollgepackte Umzugskisten, nur aus ihrer Küche, das war schon eine ganze Menge. Der Müllsack dagegen, den sie bereitgelegt hatte, war bis auf ein zerbrochenes Glas immer noch leer. Sie hatten sich gegenseitig versprochen, gründlich auszumisten. Ihre ganz große Stärke war das nicht, aber wenn sie mit fünf Küchenkisten ankäme, würde Bettina Ärger machen. Sie seufzte, nahm die oberste Kiste wieder vom Stapel und begann Stück für Stück wieder auszupacken.

Zwei Stunden später stand sie vor drei Kisten und einem prall gefüllten blauen Müllsack. Bevor sie den Müllsack zuzurrte, grinste sie noch einmal der obenauf liegenden Salzstreuer-Kuh zu. Was soll's, dachte sie. Sie freute sich auf das Leben mit Bettinas Cromargan-Salzmühle.

Ex-Geliebte und neue Geliebte

Ein Ex-Telefonat

Etwas aufgeregt.

Wie findest du sie denn?

Schweigen.

Warum fragst du das?

Leichte Panik.

Na, einfach so, du hast sie doch jetzt kennengelernt.

Pause.

Ja, aber was willst du hören?

Ruhig bleiben.

Gar nichts, ich dachte nur, wir hatten einen netten Nachmittag miteinander und du fandest das vielleicht auch.

Enerviert.

Ach, ich soll dir jetzt sagen, dass sie nett ist?

Stottern.

Ja. Nein. Aber du warst doch so neugierig, wie sie ist. Und jetzt hast du sie kennengelernt.

Vernünftig.

Ich habe sie kennengelernt, aber was willst du nach den zwei Stunden schon wissen?

Ganz ruhig.

Es hätte mich einfach interessiert, wie du sie findest.

Aus dem Hinterhalt.

Was mich überrascht hat, war, dass du dich seit neuestem für Standardtanz interessierst. Das fandest du doch bisher immer albern.

Achtung!

Man kann sich ja auch ändern.

Weisheit.

Man muss aber auch aufpassen, dass man sich nicht zu sehr anpasst oder gar verliert.

Paroli bieten.

Was du gleich wieder in den Dingen siehst.

Aha.

So habe ich mir das gedacht. Du möchtest etwas von mir wissen, und wenn ich dann tatsächlich etwas sage, ist es auch wieder nicht recht.

Raffiniert ausweichen.

Ich habe dich auch nicht gefragt, wie du *mich* findest, sondern wie du *sie* findest.

Denkste.

Das kann man ja nicht immer voneinander trennen.

Bitte.

Kannst du nicht einfach auf meine Frage antworten? Wie findest du sie denn?

Bitte ausgeschlagen.

Ich soll ja doch nur sagen, dass ich sie nett finde. Ich glaube, ich bin nicht die richtige für diese Frage.

Langsam reicht's.

Hör mal, du kennst mich einfach sehr gut, wir sind befreundet, dann kann ich dich doch wohl mal fragen, wie du meine neue Freundin findest.

Mir auch.

Eben, wir sind befreundet, und ich möchte das auch gern bleiben. Ich kann doch jetzt nur was Falsches sagen.

Jetzt geht's los.

Was heißt denn hier falsch? Du kannst doch einfach sagen, ich finde sie sympathisch, unsympathisch, hübsch, hässlich, pfiffig, still, geschwätzig, was auch immer, irgendwas musst du doch gedacht haben.

Lieber nicht.

Ach, ich weiß nicht.

Freundlich.

Jetzt sag doch.

Entwaffnend.

Ich glaube, die ist sehr kompliziert.

Klugheit und Phantome

»Wir können über alles reden, nur nicht über Exen.« Diese Ansage, aufgestöbert in einer Frau-sucht-Frau-Kontaktanzeige eines einschlägigen Münchner Magazins, spricht wohl vielen Frauen aus dem Herzen, erweist sich im wahren Leben aber meist als frommer Wunsch. Ein gewisser Erfahrungsgrad in Liebesangelegenheiten bedingt, dass man keine Frau mehr ohne Vergangenheit und einen ganzen Tross von Exen im Gefolge kennenlernen wird. Das ist auch gut so. Nicht jeden Fehler muss man immer wieder machen, und so hat die andere ebenso wie frau selbst den einen oder anderen Fehler schon mit den Vorgängerinnen zur Genüge erledigt. Erfahrung macht nicht nur zynisch, sondern manchmal auch klug. Und die Klugheit souffliert, dass sich zwei Frauenleben auch mit Liebe nicht passgenau aneinanderkleben lassen. Es bleiben Ränder, überstehende Kanten, nicht geteilte Vorlieben, Leidenschaften und Aspekte der Persönlichkeit, die bei aller

Liebe befremdlich sind. Noch klüger ist es, das Feld des Befremdlichen nicht umgraben zu wollen, sondern den Freundinnen und Exen zu überlassen. Exen haben oft mehr Langmut im Umgang mit den Fehlern der ehemaligen Geliebten und können Fehler unbefangener ansprechen. Exen können sehr klug sein. Und klug ist die Liebende, die sich die Klugheit der Ex-Geliebten zu Nutze macht.

Die erste Liebe also wird frau ab einem gewissen Alter nie wieder sein. Dass das auch für das geliebte Gegenüber gilt, mag trösten. Anfangs lässt sich noch behaupten, die andere sei zwar nicht die erste, aber die erste große Liebe, und die nächste ist die erste wahre Liebe, hernach kommt die, mit der alles ganz anders ist, und schließlich vielleicht noch die, mit der man endlich und ganz erwachsen all das lebt, was man in den Beziehungen zuvor gelernt hat. Aber die Superlative erschöpfen sich, und auch das bemühte Ringen um Einzigartigkeit kommt in die Jahre. Es geschieht nichts Neues unter der Sonne, und das Wunder der Liebe beschränkt sich dann auf die immerhin erstaunliche Tatsache, dass man immer wieder einen neuen Versuch geschenkt bekommt. Wo man doch die Unfähigkeit, eine Liebe dauerhaft zu leben, nachdrücklich bewiesen hat. Aphrodite muss eine unverbesserliche Idealistin sein.

Natürlich haben die Exen für die Nachfolgerinnen auch ihre Tücken. Mit etwas Glück kann sich eine die Geliebte selbstbestimmt aussuchen und fällt nicht nur jedesmal aufs neue auf das von der anderen benutzte Parfüm, das dem väterlichen Rasierwasser so sehr gleicht, herein oder folgt den immer gleichen Reflexen, die ein markantes Profil kombiniert mit der präferierten Haarfarbe bei ihr auslöst. Die Exen aber wählt man nicht, die sind schon da und machen sich nach Gutdünken breit. Man wollte einen Hund und hat die Flöhe mit dazu bekommen.

Dass man im Liebesfalle die ganze Kindheit mitsamt den Eltern der anderen gleich mitgeliefert bekommt und auch die eigenen Eltern auf dem Buckel trägt, ist den meisten spätestens seit der ersten Therapie kein Geheimnis mehr. Als Gespenster durchdringen sie die Wände des Schlafzimmers, reisen mit in jeden Urlaub, lassen beim Zeltaufbau Häringe verschwinden, stellen bei jeder Autofahrt falsche Straßenschilder auf, versalzen das Essen und schlagen beim anschließenden Streit kräftig auf die Pauke. Wenn aber vergangene große Lieben sich gleichfalls in Phantome verwandeln und allgegenwärtig die neue Beziehung belagern, kann die Sache unübersichtlich werden.

Was die real existierenden Exen aus Fleisch und Blut angeht, so gebieten Vernunft und Diplomatie eine bedingungslose Adoption, schon allein um fruchtlose Wenn-dann-Diskussionen zu vermeiden. »Wenn du mich liebst, musst du auch meine Vergangenheit akzeptieren. Meine Ex-Geliebten sind meine Vergangenheit, ohne die ich nicht wäre, was ich bin. Wenn du das nicht akzeptierst, liebst du mich nicht wirklich.«

Das schlimme an dieser Argumentation ist, dass sie der Wahrheit entspricht. Das ebenso wahre Gegenargument, das die Gegenwart zur einzig lebbaren Zeitspanne erklärt und im Hier und Jetzt den Raum einfordert, den die Liebe braucht, um Zukunft möglich zu machen, ist fast zu schön, um in einem Streit verschwendet zu werden. Es ist vielmehr der Stoff, aus dem Liebeserklärungen sind und als solche viel wirkungsvoller.

Außerdem hilft Wahrheit in der Wirklichkeit selten weiter. Natürlich ist der Mensch die Summe seiner Vergangenheiten. Vergangenheiten, die man nicht gelebt haben möchte, erhalten ein negatives Vorzeichen und gehen als solche ebenso in die Gesamtsumme ein wie die gern erinnerten. Soviel zur Wahrheit. Die Wirklichkeit beschert einer aber einstweilen eine Ex der geliebten Frau, die man schlichtweg nicht ausstehen kann, die aber am Leben der anderen hängt wie eine Klette. Die sich ausbreitet und durch die neue Liebe trampelt, als wäre diese ihr ureigenes Terrain. Die sich Urteile anmaßt, die man selbst über sie nicht fällen darf, die ihr Gewohnheitsrecht gegen die Sehnsucht der Neugekommenen geflissentlich ausspielt und natürlich alles besser weiß, weil sie die andere ja so gut kennt.

Als neue Geliebte wird man sie nicht los. Manchmal nützt es schon, sich das vor Augen zu führen, um diese unumstößliche Tatsache lebbar zu machen. Wenn sie wieder genau dann am Telefon ist, genau dann vor der Tür steht, justamente dann eine Krise, die ja so viel Aufmerksamkeit verlangt, einlegt, wenn endlich einmal Zeit sein könnte, es richtig nett miteinander zu haben. Wenn sie ihren Jahresurlaub in der Wohnung der Ex verbringt, wenn sie an jedem Geburtstag auf den Punkt genau um Mitternacht anruft und die Sektgläser klanglos in der Luft stehen bleiben.

Das alles wäre noch mit Langmut und im Namen der Liebe zu ertragen. Die echte Perfidie beginnt allerdings beim Vergleich. Mitten in eine Auseinandersetzung zwischen zwei Menschen schleichen sich Sätze wie »Das kenn ich schon, du bist jetzt wie XY!« oder fast schlimmer noch »Mit XY war das nie ein Problem!« oder »XY hat mich in dem Punkt verstanden!«, und mit einemmal streiten sich drei. Zwei Menschen und ein Phantom, das nach eigenem Gutdünken flugs die Seiten wechselt. Wehe der, die dem Phantom mit gleichen Mitteln Paroli bieten möchte und sich erniedrigt zu Sätzen wie »Wenn das mit XY genauso war, solltest du vielleicht einmal darüber nachdenken, was bei dir immer wieder schräg ist!« oder »Dann lös das Problem doch mit XY!«.

Und wenn der Vergleich in Nostalgie umschlägt, kann schnell zum Rätsel werden, warum die neue Geliebte eigentlich nicht mit ihrer Ex zusammengeblieben ist, ein Rätsel, wie es zur Trennung kommen und diese ach so große Liebe zu Ende gehen konnte. Oder ist sie gar nicht zu Ende, und die Geliebte ist nur getrennt, weil die Ex sie verlassen hat? Und sie weint ihr immer noch hinterher, der unerfüllten Liebe? Und damit ist eine bedrohliche emotionale Grauzone erreicht. Dann hängt der Mythos der Ex in der Luft und mit ihm die zersetzerische Frage, ob frau als neue Geliebte eigentlich nur ewige Lückenbüßerin ist und pragmatische zweite Wahl bleibt, besonders wenn die vergangene Liebe eine große war.

Eine Gebrauchsanweisung

Merke – die ganz großen Lieben hinterlassen immer Spuren, und die Exen sind die lebende Inkarnation dieser Spuren. Doch die Liebesbeziehung, die die beiden verband, ist Vergangenheit. Alles, was nicht mehr Wirklichkeit ist, gehört in die Sphäre der Nostalgie. Und Nostalgie ist hinterhältig. Erst kommt sie daher als Bedauern über das Nichtgewesene, über das, was hätte sein können. Dann wandelt sie sich heimlich zum Platzhalter für die Sehnsucht nach dem Unmöglichen. Jeder existierenden Beziehung haftet der Makel an, das zu sein, was möglich ist, und nicht das, was man sich darüber hinaus erträumen könnte. Wirklichkeit hat im Reich der Phantome keine Chance gegen das Wünschen und Sehnen, aber jede existierende Beziehung besitzt den unschlagbaren Vorteil, real zu sein. Da hilft nur Vertrauen in die Geschichte, die eine vergangene Liebe zu Ende gehen ließ. Jede Gegenwart ist am Ende besser als eine Vergangenheit, die nicht mehr ist. Zu guter Letzt kommt keine an der Realität vorbei. Interessiere dich nicht zu sehr für das, was war, mische dich nicht in die Vergangenheit ein, es ist nicht deine, also wird die andere auf dem Schlachtfeld der Vergangenheit immer recht behalten. Dir gehört die Gegenwart und ohne Gegenwart keine Zukunft.

Phantome lassen sich nicht mit Argumenten und Wahrheiten verjagen; gegen sie anzukämpfen ist sinnlos – wer sie greifen will, langt immer daneben. Gegen Phantome hilft entweder nichts oder die Zeit oder viel Humor. Und ein wenig auch die gelassene Erkenntnis, dass alles erstens nicht zu haben und zweitens auch meist zuviel des Guten wäre. Alles, das wäre eine Person mit Haut und Haar und Vergangenheit und Zukunft. Dieses Alles wird mit Fortschreiten der Lebenszeit allemal immer weniger, weil »alles« einen starken zeitlichen Aspekt hat. Mit vierzig kann man nicht mehr »Alles« mit einer Frau leben, weil die andere einfach eine ganze Menge schon gelebt hat. Man kann immer nur das leben, was noch kommt; was war, gehört jeder allein, und darin kann eine neue Liebe sich auch nicht mehr einbringen. Alles, was war, im neuen Beziehungsfalle kleinzureden und für bedeutungslos zu erklären, ist Selbstverleugnung. Dann tut frau so, als wäre, was gewesen ist, nichts. Je älter eine wird, desto mehr würde sie dadurch von sich abschneiden. Wir sind ja keine losgelösten Monaden, die sich unabhängig von der Welt irgendwohin entwickeln, sondern wir entwickeln uns in Wechselwirkung mit der Welt, in der wir leben, und der Lebenswelt, die wir uns schaffen. Diese ganze Welt und unsere gesamte Beziehungswelt gehören zu uns, egal übrigens, ob eine Kontakt zu ihren Ex-Geliebten hat oder nicht. Je älter eine ist, wenn sie eine Beziehung eingeht, desto weniger monogam wird sie ganz zwangsläufig sein, weil von dem »Alles«, das eine andere Frau bekommen könnte, vieles schon gewesen ist – mit anderen geliebten Frauen. Das erste graue Haar, das sich im mediterranen Sonnenlicht eines wunderschönen Urlaubs zeigt, wird eine spätere Geliebte nicht mehr entdecken können, wenn eine schon seit Jahren grau ist. Auf das erste eigene Auto wird man nicht mehr zusammen anstoßen und die erste feste Anstellung nach Jahren des unregelmäßigen Jobbens nicht mehr feiern. Eifersucht auf gewesene Lieben ist auch immer Trauer über die fortschreitende Lebenszeit. Dieses Bedauern ist der ureigenste Ursprung menschlicher Melancholie, und nichts spricht dagegen, sich ihr zuweilen hinzugeben. Sie sollte aber besser an milden Herbstabenden bei einem Glas Wein und nicht im Umgang mit den Ex-Geliebten der aktuellen Geliebten kultiviert werden.

Es gibt jedoch auch den umgekehrten Fall. Dann solidarisieren sich Ex und neue Liebe, und schon hat man den Schlamassel. Die eine übertrifft die andere in der spitzfindigen Formulierung von Schwächen und Charaktereigenschaften der Ex-Frau beziehungsweise neuen Geliebten. Sie entdecken ihre Seelenverwandtschaft, gemeinsame Hobbys, gehen zusammen zum Yoga und lesen die gleichen Bücher. In Konflikten machen die beiden fürderhin gemeinsam Front, weil die eine immer meint, schon zu kennen, was die andere gerade erlebt. Die andere heult sich ihrerseits gern und ausführlich bei der Vorgängerin aus und findet dort ach so viel Verständnis. Jetzt weiß die neue Liebe, dass frau schon immer so bockig, so unsensibel, so begriffsstutzig war, wie ja diese und jene Geschichte aus der Liebes-Vergangenheit mit der Ex beweist. Und Urlaub konnte man mit ihr bekanntlich noch nie machen, das ging ja schon damals schief. So war die Sache mit der bedingungslosen Adoption zwecks Familienbildung nicht gemeint. Bitte – im Zusammentreffen von Ex und neuer Geliebter ist Reden Silber und Schweigen Gold. Es gibt bessere Trösterinnen als die Ex der anderen – die eigene Ex beispielsweise. Auch im Zusammentreffen mit der Ex der neuen Geliebten gilt es, die Vergangenheit und die Gegenwart bei der zu lassen, der sie gehören.

Frau Knefs Suizidversuch

Was man so denkt, wenn alles gut ist. »Liebe ist nicht nur das, was ist, sondern die Gegenwart dessen, was sein könnte.« Das hat sie nicht nur gedacht, das hat sie gesagt. Und blickt in die grauen Augen dieser Frau, die fast silbern geworden sind und glänzen. Wenn Barbara so schaut, schielt sie ganz leicht. Wenn Maria sagen sollte, in welchen Augenblicken sie Barbaras Liebe erkennt, dann würde sie immer von diesem seltenen Blick erzählen, und sie schwört sich, nie darüber zu sprechen, weil er sonst verlorengehen könnte, der Blick – und der Augenblick. Barbara lacht. Nein, es ist nicht nur der Blick, dieses Lachen gehört auch dazu. »Wo hast du den jetzt her, der ist dir jetzt nicht einfach so eingefallen?« – »Doch, du kennst mich noch nicht wirklich, die fallen mir immer ein, wenn's mir gutgeht.« – »Mir geht es noch viel besser mit dir. Du kannst Welten schaffen, in denen ich sein möchte. Ich glaube, ich ...«

Beide zucken zusammen, als das Telefon klingelt. Besser schweigen und hoffen, dass es vorübergeht, hoffen, dass der Augenblick lauter ist als das Düdeldü. Einmal, zweimal, dreimal, viermal, fünfmal.

»Entschuldige, aber ich geh mal ran. Ich glaube, das ist Tine. Wir wollten heute abend noch telefonieren. Sie konnte mich ja das ganze Wochenende nicht erreichen.«

Maria schaut den langen Beinen hinterher, die ins Wohnzimmer verschwinden. Und wenn sie sagen müsste, warum sie sich in Barbara verliebt hat, würde sie unbedingt von diesen Beinen, oder mehr noch von dieser charmanten Art zu gehen, erzählen müssen. Gänzlich unfeminin, fast eckig, aber unwiderstehlich grazil, das kann man nicht lernen, das ist ein Geschenk der Götter.

Tine, Augustine Sommer, Künstlername, die Ex. Maria setzt sich auf im Bett, schließt die Augen und zieht die Luft ganz sanft durch die Nase ein. Die Bettwäsche riecht anders als ihre, nüchterner. Nur unter der Decke riecht es bekannt. Sie kann sich nie entscheiden, ob sie ihren eigenen Geruch mag, intensiv und säuerlich. Riechen sie beide so, oder nimmt sie nur ihren eigenen Geruch wahr? Vom Wohnzimmer hört sie Barbara telefonieren.

»Dann kommst du schon ganz bald. Ich hatte erst im Oktober mit dir gerechnet ... Nein, nein, kein Problem, klar, Maria weiß Bescheid ... Nein, Maria mag dich doch auch, wir machen's uns nett miteinander ... Ich klär das mit ihr, das wird schon klappen.«

Augustine, unglaublich blond und laut und polternd, ist für Maria ein unbegreifliches Phänomen. Sie schwankt zwischen Faszination angesichts der Selbstverständlichkeit, mit der Tine Welt und Menschen ihre Launen und ihren Willen auferlegt, und leichtem Abscheu vor dem Mangel an Feingefühl, mit dem Augustine durchs Leben spaziert. Tine ist Chansonette und in den letzten Jahren zum vielgelobten Geheimtip der Kleinkunstszene avanciert. Und Tine ist die Frau, mit der Barbara bis vor knapp zwei Jahren sieben lange Jahre liiert war. Für Oktober waren mehrere Auftritte und Studio-Aufnahmen in Berlin geplant. Eigentlich war eine Art Wohnungstausch angedacht, da Barbara gleichzeitig mit Buchmesse und Redaktionsarbeit in Frankfurt zu tun hatte.

Barbara kommt ins Schlafzimmer zurück.

»Tine soll in einer Cabaret-Show im Hebbel-Theater einspringen. Das gibt richtig gutes Geld, deswegen kommt sie doch schon – halt dich fest, das ist jetzt wirklich etwas plötzlich – sie kommt übermorgen.«

»Ist doch prima. Für wie lange kommt sie?«

»Na ja, da ihr Pianist sich gerade in Berlin verliebt und hier wohl einen ganz guten Probenraum aufgetan hat – in Frankfurt ist das ja kein Zustand in diesem finsteren Loch –, bleibt sie dann gleich bis zu den Auftritten im Oktober.«

Heute war der 1. September.

»Oha. Und kann sie auch bei ihrem Pianisten wohnen?«

Barbara zieht Maria mit einem Ruck die Bettdecke weg.

»Hey, ich glaube, du musst noch ein bisschen teilen lernen – kann das sein? Bettdecken, Wohnungen ... nein, sie wohnt bei mir, ist doch klar, sind ja nur gut vier Wochen, und dann bin ich auch erst mal weg. Wir beide sehen uns ja trotzdem.«

Zwei Tage später kommt Tine mit Sack und Pack und in Begleitung von Frau Knef, der getigerten Findelkatze, die Augustine einst aus dem Berliner Landwehrkanal gefischt hatte. Damals hatte Frau Knef kaum die Größe einer Wasserratte, inzwischen ist sie zu einer ansehnlichen und streitbaren Katzendame gereift. Augustine Sommer besieht das in Barbaras Arbeitszimmer aufgestellte Klappbett, befindet es als untragbares Risiko für ihre anfällige Wirbelsäule und lässt sich statt dessen bei Barbara in deren mit ergonomischer Matratze ausgestattetem Bett nieder. Das Klappbett wird mit Marias tatkräftiger Hilfe wieder in den Keller getragen. Als Maria erste Bedenken äußert, meint Barbara: »Ach, das Bett ist doch zwei Meter breit, und mach dir bloß keine Sorgen. Weißt du, Maria, eigentlich macht es keinen Unterschied. Ich hätte es sowieso komisch gefunden, wenn ihr beide in meiner Wohnung übernachtet hättet. Da komm ich lieber zu dir, so habe ich wenigstens mal meine Ruhe.«

Augustine schläft morgens lange, verbringt die Zeit bis zum Probentermin am Nachmittag mit Restaurationsarbeiten am eigenen Körper von Badewanne bis Hantelgymnastik und mit Umräummaßnahmen in Barbaras Wohnung, die nach Feng Shui eine einzige Katastrophe ist. »Süße, kein Wunder, dass die Karriere klemmt, wenn du in der nördlichsten Ecke arbeitest und auf der Nordsüdtangente schläfst.« Sie verhängt ein striktes Rauchverbot über die Wohnung, denn »am Tage ist der Rauch von Zigarette Gift und Galle für die Chansonette«. Frau Knef verteilt ihre Haare in allen Zimmern samt Sofa und Bett. Lüften ist in der Wohnung im fünften Stock aufgrund der Vorliebe Frau Knefs für Kletterübungen am geöffneten Fenster nur noch in streng sanktionierten Etappen erlaubt. Maria mit Neigung zur Katzenallergie betritt die Wohnung nach einigen Tagen nur noch minutenweise.

Gegen zwei Uhr entschwindet Augustine zur Probe, tritt an vier Abenden in der Woche auf und stürzt sich hernach ins Berliner Nachtleben, Barbara stets an ihrer Seite, die als Berlin-Reporterin für verschiedene Zeitungen über Trends und Tendenzen in der Hauptstadt berichtet. »Das sind Kontakte und Einblicke, die kann ich mir nicht entgehen lassen.« Ab und zu zieht Maria mit um die Häuser, aber eingedenk des Weckers, der sie morgens um sieben in das Alltagsleben einer angestellten Architektin in Lohn und Brot ruft, verlieren die nächtlichen Unternehmungen für sie bald ihren Charme. Zum ersten handfesten Krach kommt es nach zwei Wochen bei einer Ausstellungseröffnung, auf der Augustine Barbara als »meine allerliebste Barbara und ihre Bekannte, Maria« vorstellt und dabei mit großer Geste den Arm um Barbaras Schultern legt. Es bleibt nicht der einzige Streit, meist am Telefon ausgetragen. Die Stimmung zwischen Augustine und Maria liegt weit unter dem Gefrierpunkt, als Barbara in den ersten Oktobertagen nach Frankfurt fährt.

Mitte Oktober, als Barbara nach zehn Tagen Frankfurt nach Berlin zurückkommt, holt Maria sie vom Flughafen ab, wo sie etwas überrascht auch auf Augustine trifft, die den unverhofft auftrittsfreien Abend nutzen möchte, »um euch beiden Kampfhähne mal richtig gemütlich zum Essen einzuladen«.

»Zwar ist Kneipenlicht gnädig, aber ein bisschen Kunst am Teint muss dennoch sein, dann können wir losziehen.« Tine, in schwarzem Samtkleid und türkis-goldenen High Heels, dreht sich einmal um die eigene Achse und verschwindet im Bad.

Barbara zieht Maria auf das Sofa.

»Na, immer noch beleidigt? Das ist doch eine nette Idee von Tine.«

»Ich bin nicht beleidigt. Ich hätte nach allem einfach gerne einen Abend mit dir alleine gehabt. Wir waren doch verabredet. Wusstest du, dass Augustine zum Flughafen kommt? Warum hast du ihr das nicht ausgeredet?«

»Ach komm, ja, sie hat mich in Frankfurt am Flughafen noch auf dem Handy angerufen. Aber sie reist doch in drei Tagen ab und hat vorher keinen freien Abend mehr. Ich fand es einfach nur nett von ihr – die Idee, mal ein bisschen Frieden zu stiften.«

»Frieden stiften? Wenn sie uns einfach mal einen Abend in Frieden gelassen hätte, wäre das vielleicht nett gewesen. Du bist nicht Arafat, ich bin nicht Netanjahu, und wir brauchen keinen Bill Clinton, um endlich in aller Ruhe über ein paar Dinge zu sprechen. Mist, diese Katzenhaare sind wirklich langsam unerträglich.«

Maria windet sich hustend aus Barbaras Umarmung, geht zum Fenster und reißt es auf.

»Red nicht so einen Blödsinn. Ich hab mich so auf dich gefreut. Komm mal mit. Ich habe etwas für dich.«

Barbara steht auf, geht ins Schlafzimmer, öffnet ihren Koffer und nimmt eine kleine Schachtel heraus. Maria ist ihr gefolgt und legt von hinten die Arme um Barbara.

»Ich habe mich einfach so nach dir gesehnt und auf diesen Abend gefreut. Ich hab gar nichts gegen Tine, aber langsam ist das alles ein bisschen lang.«

Sie spürt, wie Barbara weich wird, sich gegen sie lehnt.

Ein gellender Schrei aus dem Wohnzimmer. »Seid ihr des Wahnsinns? Wer war das? O Gott, nein, Frau Knef, nein, nein, das darf nicht wahr sein!«

Im Wohnzimmer steht Augustine und beugt sich aus dem geöffneten Fenster. Vier Stockwerke tiefer liegt ein schwarzes Häuflein Frau Knef, kaum zu erkennen aus der Höhe. Barbara ist schon im Treppenhaus, Maria und Tine, inzwischen ohne Pumps in Seidenstrümpfen, stürzen hinterher.

Frau Knef lebt. Frau Knef hat noch Energie, sich mit Klauen und Krallen der drei über sie gebeugten Frauen zu erwehren. Während Barbara den Katzenkorb aus der Wohnung holt, die Schuhe für Augustine aber vergisst, bugsiert Maria ihr Auto aus der Parklücke zwei Straßen weiter. Tine, die bei Frau Knef geblieben ist, versammelt eine beachtliche Menschentraube um sich und schimpft zwischen Jammern und Heulen in deftigstem Hessisch auf die Idiotin, die das Fenster wieder einmal offengelassen hat.

Der Abend wird zur endlosen Odyssee durch die Institutionen der Berliner Tiermedizin. Augustine, in knallengem schwarzen Samtkleid mit grünen Gartencloggs, die Maria noch im Kofferraum findet, und Seidenstrümpfen, die am Ende mehr Laufmasche als Strumpf sind, brüllt an jeder Ampel, ob rot oder grün: »Fahr doch weiter, du Idiotin! Wir sind ein Notfall!« Barbara, das Handy am Ohr, die Nerven blank und den Stadtplan auf dem Schoß, schickt Maria zweimal in eine Einbahnstraße, und aus dem Katzenkorb miaut eine kläglich jammernde Frau Knef. Drei Frauen und eine Katze schimpfen im Auto, in zwei Tierarztpraxen und endlich in der Steglitzer Tierklinik in Fluren, Behandlungsräumen und Wartezimmern aufeinander ein. Frau Knef, der ein zweifacher Kiefer- und Vorderpfotenbruch diagnostiziert wird, muss sofort operiert werden und zur Ruhigstellung zwei Wochen in der Klinik bleiben. Anschließend wird ihr noch eine Woche Bettruhe und striktes Transportverbot verordnet. Augustine steht ihr mütterlich bei und verlängert den Berlin-Aufenthalt in Barbaras Wohnung um weitere drei Wochen. Maria wird dort nicht mehr gesehen.

Was hatte ich falsch gemacht? Hatte ich etwas falsch gemacht? War ich verrückt oder waren es die beiden anderen? Da saß ich nun auf einer kleinen Insel im französischen Atlantik – ein Urlaub, den Barbara und ich eigentlich gemeinsam geplant hatten –, starrte zehn Tage lang auf die Felsen und das Meer und hatte viel Zeit, über diese Fragen nachzudenken. In der Nacht des Fenstersturzes war mir klar geworden, dass entweder ich einen Schlusspunkt setzen musste oder der Wahnsinn kein Ende haben würde. Bitter. Vor Augustines Heimsuchung waren Barbara und ich gerade in die Flitterwochen hineingeschwebt und an diesem wunderbaren Moment einer beginnenden Beziehung angekommen, wo man die Vorsicht fallenlässt und am liebsten brüllen würde: *Ja, ich will, für immer und ewig!*

Ich hatte Eifersucht immer gehasst. Tine war eine wichtige Bezugsperson für Barbara, bitteschön, dagegen hatte ich ja gar nichts, die zwei verband eine lange und wichtige Geschichte, da hatte ich mich nicht einzumischen. Ich war nicht gerade begeistert gewesen, als mir die wochenlange Ex-Belagerung angekündigt wurde, aber ich fand nicht, dass es klug gewesen wäre, mich als Platzhirsch zu gebärden. Anfangs räumte ich Tine einfach den Raum ein, den Barbara ihr zugestehen wollte. Ich hielt nichts davon, ihr die Pistole auf die Brust zu setzen und zu sagen, entweder ich oder die andere. Das schafft Druck und schlechte Laune, aber keine Liebe. Doch je länger Tines Berlin-Aufenthalt andauerte, desto mehr sah ich den Platz, den ich in dieser Geschichte einnehmen konnte, dahinschwinden. Kein Platz in Barbaras Bett, kein Platz in ihrem Zeitplan, kein Platz in ihrer Wohnung, die nach zwei Wochen nicht mehr wiederzuerkennen war. Was hätte ich tun sollen? Weiterhin geduldig ertragen, wie sich die alte Liebe meiner neuen Liebe breitmachte, in jede Ecke pinkelte und ihr Revier markierte? Meine Liebe erst einmal auf eine Warmhalteplatte stellen und respektvoll warten, bis die Okkupation zu Ende sein würde?

Ich unternahm stundenlange Spaziergänge an der Küste, kannte bald jeden Winkel der Insel, aß jeden Abend Meeresfrüchte, trank zuviel Weißwein und konnte zusehen, wie ich die Kilos, die mich diese Geschichte gekostet hatte, langsam wieder zulegte. Ein gutes Zeichen. Waren wir jetzt getrennt oder war da noch etwas zu retten? Wollte ich unter diesen Umständen noch irgend etwas retten? Augustine hielt sich offensichtlich – ob Ex oder nicht – für Barbaras amtierende große Liebe. Sie duldete Bettgeschichten und Affären, aber sie passte gründlich auf, dass keine andere Liebe neben oder gar über ihr, sondern nur weit hinter ihr saß. Und Barbara hatte dem, das wurde mir nun klar, nichts entgegengesetzt.

Tine hatte Barbara zwei Jahre zuvor verlassen, weil sie freier leben und ohne schlechtes Gewissen Affären haben wollte und weil die gemeinsame Sexualität sehr abgekühlt war, aber getrennt waren die beiden noch lange nicht. Wollte ich mir das weiterhin antun? Ertragen, dass Barbara die Prioritäten im Zweifelsfalle für Augustine setzte?

Vielleicht war ich ja einfach nur ein Jahr zu früh gekommen, ein Jahr, das die beiden noch brauchten, um ihre Trennung ganz zu vollziehen. Ich war unglaublich verliebt in Barbara, meine Leidensbereitschaft hatte folglich ein gehöriges Ausmaß. Doch auf unbestimmte Zeit zur von Barbara verleugneten Nummer Zwei degradiert zu werden, sobald Augustine sich ankündigte, das brachte auch mich an meine Grenzen.

Ich saß wieder einmal auf der kleinen Terrasse meines Appartements, trank den ersten Aperitif des Tages und kämpfte die vergangenen Monate nochmals im Geiste und im Herzen durch. Da lief in dem klapprigen Radio meines Zimmers »Plaisir d'amour«, so triefend vor wundem Gefühl, dass es eigentlich nur Nana Mouskouri gewesen sein kann – *plaisir d'amour ne dure qu'un moment, chagrin d'amour dure toute la vie* – Liebesglück währt nur einen Augenblick, Liebesleid währt das ganze Leben. Zuerst dachte ich, jetzt fange ich an, Rotz und Wasser zu heulen, aber dann blieben mir die Tränen so richtig im Halse stecken – ich sah nochmals die Bilder dieser unglaublichen Katzennacht vor mir, ich sah mich noch einmal das Feldbett durch Barbaras Treppenhaus hieven und fassungslos mit offenem Mund auf dieser Ausstellung stehen. Und ich musste lachen, zuerst vielleicht eher grimmig, aber am Ende saß ich laut lachend auf dieser Terrasse, nein, *chagrin d'amour* würde bei mir nicht *toute la vie* währen. Nach dieser hysterischen Einlage wurde mein Kummer zu echtem Trennungsschmerz, aber er war kein Herzschmerz mehr. Ich fällte eine Entscheidung – es war aus und vorbei.

Zwischen mir und den beiden herrschte erst einmal eisiges Schweigen. Ich nahm nach meinem Urlaub keinen Kontakt zu Barbara auf. Es war Augustine, die diesen Zustand beendete. Im darauffolgenden Frühjahr rief sie mich an und meinte, wir beide müssten vielleicht mal ein gesittetes Glas Sekt miteinander trinken, unter Frauen. Das hätte ich ihr nicht zugetraut, das beeindruckte mich – und tatsächlich war es der Beginn einer sehr schönen Freundschaft. Madame hatte, wie ich feststellte, viel mehr gesunden Menschenverstand und Klugheit unter ihren blonden Haaren, als ich nach dieser Geschichte vermutet hatte.

Monate später kam Augustine noch einmal auf die Idee, Frieden stiften zu wollen. Sie war inzwischen nach Berlin gezogen, und Barbara und ich hatten begonnen, uns vorsichtig über Augustine gegenseitig Grüße ausrichten zu lassen. Da lud sie uns erneut beide zusammen zum Essen ein. Ich war wieder nicht sehr überzeugt von der Idee. Der Abend begann sehr verhalten und angestrengt mit eisernem Smalltalk über Augustines ayurvedische Kochkünste, bis Augustine nach dem Essen aufstand, behauptete, sie sei noch verabredet und müsse sofort losstürzen. Weg war sie. Da saßen Barbara und ich, den Dessertlöffel noch in der Hand und mussten diesen Abend irgendwie hinter uns bringen. Es dauerte zwei Minuten, da fingen wir an, uns zu streiten – der Form halber zunächst über die ayurvedische Küche im allgemeinen und im besonderen und dann sehr schnell über das mehr als ein Jahr zurückliegende Ende unserer Beziehung. Als wäre es gestern gewesen. Stundenlang und bis aufs Blut. Bis Barbara sagte: »Du bist eine richtig blöde Kuh, und ich brauche jetzt einen Schnaps.« In Augustines drogenfreier Wohnung war außer einer beachtlichen Parfümsammlung kein Alkohol zu finden, und so landeten wir schließlich in einer Steglitzer Eckkneipe. Am Ende waren wir uns einig – zwar nicht über die vergangenen Ereignisse, aber darüber, dass an diesem Abend insgesamt zuviel Schnaps geflossen war. Doch die Sache war den ausgewachsenen Kater am nächsten Tag wert. Barbara und ich haben uns seitdem erst vorsichtig und dann sehr herzlich angefreundet, und befreundet sind wir auch geblieben, obwohl Barbara nun seit drei Jahren in Hamburg lebt. Aber Berlin-Hamburg ist ja nicht wirklich eine Entfernung – wir sehen uns fast alle zwei Monate, mal hier, mal da, wie es sich ergibt. Und wenn sie in Berlin ist, darf sie ab und zu auch mal bei mir wohnen ...

Sogar Frau Knef und ich haben einen behutsamen Frieden geschlossen: Ich fasse sie nicht an, sie kratzt mich nicht.

Epilog

Hamburg, Standesamt Altona. Es war zu erwarten gewesen, dass alle weniger Eingeweihten Augustine für die Braut halten würden. Sie hat sich für diesen Tag außerordentlich gelungen in ein zartrosa Kleid mit viel Tüll und prächtigem Dekolleté geworfen. Ton in Ton dazu die Riemchen-Sandaletten. Sie belässt den Standesbeamten im Vorzimmer, der das Paar über die letzten Formalien aufklären möchte, einen

Moment zu lange in seinem Irrtum, bevor sie ihn bedauernd an Susanne verweist. Barbara in sandfarbenem Maßanzug und rosa Hemd hätte aber auch vorzüglich zu ihr gepasst. Susanne trägt ein hellblaues Kostüm, das wirkt, als hätte die Queen es einst in Auftrag gegeben, dann jedoch für gar zu jugendlich befunden. Vielleicht bildet Maria im schwarzen Nadelstreifen-Hosenanzug einen etwas zu harten Kontrast zu den Pastelltönen Augustines und des Brautpaars, aber Berlin verbietet Pastell, wie sie schon im Vorfeld verkündet hatte.

An Augustine als Trauzeugin kam Barbara nicht vorbei. Maria hingegen war überrascht gewesen, als Barbara sie gefragt hatte, ob sie die Homo-Ehe grundsätzlich so verwerflich fände, dass sie nicht einmal als Trauzeugin daran teilnehmen wolle. Davon könne keine Rede sein, aber warum gerade sie – Maria? Barbaras Schweigen am Telefon dauerte genau die Zeit, die ein Mensch benötigt, um gründlich zu erröten.

»Zwei Gründe, zwei Geheimnisse. Erstens, weil ich den Segen meiner Ex-Frauen haben will, und mehr Ex-Frauen als Augustine und dich gibt es nicht. Zweitens – und ich werfe dich aus dem Fenster meiner ehemaligen Berliner Wohnung, wenn du je darüber sprichst –, weil der Ring, den ich Susanne zum Einzug in unsere gemeinsame Wohnung geschenkt habe, damals in der Schachtel war, die ich dir nach der Knef-Nacht nie mehr gegeben habe.«

Never-Ending und Never-Beginning Stories

Never-Ending Stories

Was ist schlimmer als die erste Trennung? Natürlich die zweite, die dritte und die vierte Trennung – besonders dann, wenn es immer dieselben sind, die sich trennen. Getrennt oder zusammen, am Ende weiß es niemand mehr so ganz genau, und dann spielt es auch keine Rolle mehr, man trifft die beiden sowieso meistens im Doppelpack an. Keine traut sich mehr, die beiden zusammen zum Essen einzuladen, weil es immer sein könnte, dass sie bis dahin wieder getrennt sind und kein Wort nie wieder miteinander sprechen. Oder sie sind gerade zusammen, sprechen aber trotzdem nicht miteinander, oder sind gerade Ex und vertragen sich ganz wunderbar. Wenn die Ex nicht zur Ex werden will, sondern in den Kreislauf eines ewigen Recyclings eintritt, beginnt die Never-Ending Story.

Vernachlässigen wir die Fälle, in denen Trennungsdrohungen mit vorschneller Fahrlässigkeit als Mittel zur Konfliktlösung eingesetzt werden. Bestenfalls ist das ein Signal der Verzweiflung, schlimmstenfalls ein klares Zeichen schlechten Benehmens oder ausgeprägter Maßlosigkeit in der Wahl der Ausdrucksmittel. Da dauert eine Trennung ein paar Stunden oder über Nacht, ab und zu kommt es auch zu einem beziehungsfreien Wochenende. Und schon steht die große Versöhnung wieder vor der Tür. Das sind Stürme im Wasserglas, meist ausgelöst durch die Drama heischende Veranlagung mindestens einer der Beteiligten. Solche Effekthascherei macht noch keine Never-Ending Story.

Aber wenn zwei, die nicht zusammenkommen können, über Jahre hinweg auch nicht auseinanderfinden, ist das der Stoff, aus dem echte Tragödien sind, selbst wenn sie nach außen bald wie eine Komödie scheinen. Seit Jahren getrennt, aber immer noch nicht losgelassen. Ich glaube nicht an die These, Lesben könnten sich generell nicht trennen und hätten daher so intensive Beziehungen zu ihren Ex-Geliebten. Sicher, manche lassen langsamer los, und Eifersucht ist ein hartnäckiges Gefühl, das auch schon mal in einer Ex-Beziehung auftritt. Aber die meisten Ex-Beziehungen beruhen auf dem klaren Bewusstsein aller Beteiligten, dass eine gemeinsame Geschichte ein berechtigtes Ende gefunden hat. »Was wir wollten, konnten wir nicht miteinander. Das lag ebenso an mir wie an dir. Jetzt haben wir miteinander das, was wir können« – so der Tenor vieler Ex-Beziehungen. Sie können sehr innig sein, da mag von Familie oder sogar von Liebe die Rede sein, die Never-Ending Story aber ist von anderer Qualität.

In solchen Geschichten will die Hoffnung wider alle Vernunft nicht sterben, und tatsächlich können zwei Frauen sich dann einfach nicht trennen. Beliebt ist auch die Variante der Never-Ending-Konstruktion, in der die eine aus Überzeugung leidet und die andere das schlechte Gewissen plagt. Die beiden finden dann nicht aus der Konstellation von Verlassener und Verlassender hinaus, Opfer und Täterin, und keine mag von ihrer Rolle lassen, weil das Ende der Beziehung dann wirklich vollzogen wäre. Wenn zwei in einer der Kurven, die Trennungen nehmen müssen, dauerhaft hängengeblieben sind, haben auch neue Geliebte keine Chance. Denn im Kopf der ewigen Nicht-Exen spukt endlos eine fixe Wenn-dann-hätte-wäre-heute-Idee herum. »Hätte ich damals Grenzen gesetzt, wäre sie bestimmt nicht gegangen.« – »Wäre ich damals bei ihr geblieben, hätten wir das bestimmt hingekriegt.« Wenn-dann-Konstruktionen leugnen die Wirklichkeit und entwickeln aus erfundener Vergangenheit eine Zukunftsvision, die die Gegenwart aus den Augen verliert. Die vollendete Vergangenheit, die Ex-Beziehungen prägt, lautet anders: »Ich habe damals keine Grenzen gesetzt, deswegen ist sie gegangen. Punkt.« und »Wir haben es nicht hingekriegt, und deswegen ich bin gegangen. Punkt.« Ohne diese klaren Schnitte kommen zwei nie an den Nullpunkt, an dem sie tatsächlich einwilligen, sich endgültig von vergangenen Träumen zu lösen.

Der Never-Ending-Zustand fordert eine enorme Leidensfähigkeit von den beiden niemals ganz getrennten Geliebten, Engelsgeduld von allen Freundinnen, und bei neuen Amouren führt er zu großem Frust und schnellem Ende. Ein kluger Mensch hat einmal gesagt, die Hölle sei kein Ort ausgeklügelter Bestrafungen, sondern die unendliche Fortsetzung dessen, was Menschen auf Erden erleben. Never-Ending Stories sind die zu zweit erschaffene Hölle.

Regio olfactoria

Es kann nur der Geruch sein. Sie macht die Wende von 950 Meter auf 1000, Rollwende, sie liebt diese Drehung unter Wasser, Beinschlag zurück zur Wasseroberfläche, Armzug, rechts, links, rechts, atmen, eins, zwei, drei, atmen. So wie dieser Chlorgeruch, den sie schon als angenehm empfindet, bevor sie ihn bewusst wahrnimmt und erkennt. Kindheit. Es muss der Geruch sein, anders ist es nicht zu erklären. Es ist ihr auch lieber, es ist der Geruch und nicht Schicksal. Oder gar Liebe. Die quälerische Kehrseite der Liebe – zu dramatisch. Neun Jahre hin und her. Und sie, links, rechts, links, atmen, verletzt und wütend wie am ersten Tag. Sie kann noch nicht einmal sagen, wie Claudia riecht. Eher findet sie, dass Claudia wahnsinnig gut nach nichts riecht. Sie ist sich aber sicher, dass alle Affären, die sie seit der letzten Trennung von Claudia hatte, nach etwas rochen. Süßlich, dominant, schwer, säuerlich, seifig oder ein bisschen vergoren. Der Geruch von Menschen, der sich erst offenbart, wenn man mit der Nase in ihrer Nackenbeuge hängt, dann, wenn es eigentlich zu spät ist. Sie kann in diesem Moment schon sagen, dass die angehende Liebelei von schneller Halbwertszeit sein wird. Sie tut es aber nicht, weil sie trotzdem leidenschaftlich ist, verliebt, hingerissen. Aufhören oder weiterschwimmen, sie ist bei 1000 Metern, ihr Pflichtprogramm ist erledigt. Ach was, sie ist in Form heute und hat noch einiges nachzudenken. Eins, zwei, drei, atmen, die Entfernung zur Wand einschätzen eins, zwei, abtauchen, Schraubendrehung, abstoßen, wunderbar gelungen, sie schießt durch das Wasser, Beinschlag, Arme, eins, zwei, drei. Sie kann sich vielleicht vorübergehend verlieben, aber lieben kann sie eine Frau nicht, wenn sie ihren Geruch zu intensiv wahrnehmen kann. Das rechte Auge ihrer Schwimmbrille füllt sich langsam mit Wasser, das bedeutet, am Rand anhalten, Schwimmbrille zurechtrücken, schade, sie ist gerade so schön im Rhythmus. Hat die Nase eigentlich einen blinden Fleck wie das Auge? Als Biologin müsste sie das wissen. Der Mensch ist ein Mikrosmat und mit einem nur mäßig feinen Geruchssinn ausgestattet. Riechepithel in der oberen Nasenhöhle, bestehend aus der Riechschleimhaut mit den

Geruchssinneszellen. Und die Regio olfactoria hat im Gegensatz zur Netzhaut keinen blinden Fleck. Trotzdem gefällt ihr die Idee. Der blinde Fleck im Auge ist dort, wo der Sehnerv sitzt. Für die Bilder, die genau auf den Nerv knallen, ist man blind. Und sie ist geruchsblind für die Gerüche, die sie mitten ins Herz treffen. Das klingt schon wieder dramatisch. Es ist nicht das Schicksal, es ist der Geruch, und es ist dennoch ein Drama. Sie ist einfach wehrlos. Und sie findet Claudia wahnsinnig attraktiv. Verbotenes Terrain, das ist einer der Gedanken, die sie sich abgewöhnen muss. Andere Mütter haben auch rasend attraktive Töchter. Bald muss sie sagen, andere Töchter haben auch attraktive Mütter, zur Töchtergeneration zählt sie langsam aber sicher nicht mehr. Sie versteht nicht wirklich, wie es Menschen geben kann, die bei der ersten Begegnung mit Claudia nicht sofort hingerissen sind, sondern sie einfach nicht registrieren oder sogar uninteressant finden. Sie hätte Claudia nie ignorieren können. Rechts, links, rechts, atmen, sie ahnt die Bombe mehr, als sie sie sieht und kann noch halbwegs ausweichen, bevor ein kleiner dicker Junge genau vor ihr ins Wasser platscht. Am Rand stehen zwei andere und feixen. Das ist jetzt die dritte Bombe an diesem Tag, die vor ihr ins Wasser knallt. Sie greift unter sich ins Wasser und bekommt den Haarschopf zu fassen, zieht ihn nach oben und brüllt: »Du kleine fette Ratte, möchtest du gleich wieder untertauchen oder soll ich besser den Bademeister holen?« – »Ich hab Sie nicht gesehen, Entschuldigung, die haben mich reingeschmissen, das war ich nicht.« Sie gibt ihm einen kräftigen Schubs, keine Rollwende, einfach nur abstoßen, links, rechts, links, atmen. Sie muss etwas dagegen tun. Drei Jahre Therapie hat sie hinter sich, genützt hat es nichts, atmen, rechts, links, rechts. Wie oft haben sie sich getrennt? Sie weiß es nicht mehr, atmen, links, rechts, links, in den ersten drei Jahren bestimmt ein Dutzend mal, dann endgültig. Das hat zwei Jahre gedauert, dann ein neuer Versuch von einem Jahr, bis Claudia sich anderweitig verliebt hat. Seitdem sind sie eigentlich getrennt. Claudias neue große Liebe von damals hat ein halbes Jahr gedauert, sie selbst hat sich in mehreren halbherzigen Affären versucht. Was sie geritten hat, als sie Claudia vor zwei Jahren in ihr Forschungsprojekt geholt hat, kann sie nicht wirklich sagen. Blödheit oder eben der Geruch. Gegen den Widerstand ihrer Kollegen. Nun sitzt sie dort zwischen den Stühlen, zwischen Claudia, die kein Talent für Teamarbeit hat, und den Mitarbeitern, die Claudia meiden, wo immer es geht. In regelmäßigen Abständen hat sie eine tobende Claudia um sich, links, rechts, links, atmen, die sich bei ihr über die anderen Mitarbeiter beschwert. Rechts, links, rechts, atmen und diesem Typ in goldener Badekappe ausweichen, warum weicht eigentlich immer sie aus? Links, rechts, links, atmen, wenn sie ein Delphin wäre, hätte sie diese Sorgen nicht. Delphine können überhaupt nicht riechen, dafür haben sie Sinneshaare am Kopf. Für das Gleichgewicht und vielleicht auch, um die Ultraschalltöne zu hören, sie erinnert sich nicht so genau. Hören kann sie Claudia allerdings sehr gut, sogar jetzt gerade: »Du bist absolut unfähig, ein Projekt zu leiten. Die ignorieren meine Arbeit, und du tust nichts, nichts, nichts.« Richtig ist, Claudia hält Termine nicht ein und geht ihre eigenen Wege. Die Ergebnisse ihrer Arbeit sind in Ordnung, aber es fehlt die Anbindung zum Projekt; daran sind nicht die anderen Mitarbeiter schuld, sondern einzig und allein Claudia. Das weiß sie, sagt es aber nicht laut. Weder zu

Claudia, noch zu den Mitarbeitern. Eins, zwei, drei, atmen, Wende, das ist feige und unprofessionell. Ja, ab und zu formuliert sie einen vorsichtigen Einwand auf Claudias Schimpftiraden, aber kein Machtwort. Wenn das so weitergeht, wird sie selbst die Lust an ihrer Arbeit verlieren. Eins, zwei, drei, atmen, dieses Weib, als ob sie das alles nicht schon genug gekostet hätte. Neun Jahre Dauerstress in ihrem Liebesleben, emotionale Belagerung, egal ob sie gerade getrennt sind oder nicht, und jetzt ist auch noch der Spaß an ihrer Arbeit futsch. Wie mit einem Gummiband verbunden, wenn sie sich entfernt, kommt Claudia hinterher, entfernt sich Claudia, kann sie sie nicht gehen lassen. Aber niemand zwingt sie, sich so lange unglücklich zu machen. Da kommt wieder der Typ mit der goldenen Badekappe. Weiter geradeaus, eins, zwei, wumm, der Schlag sitzt. »Können Sie nicht aufpassen?« – »Doch, kann ich, ich weiche Ihnen seit genau 1200 Metern aus. Ich würde sagen, jetzt sind Sie dran.« Sie hat ihn schon zweimal überholt, ab jetzt waltet das Recht der Schnelleren. Goldene Silikonkappe mit Deutschlandstreifen an den Seiten, das ist ja wie Nordic Walking in Aschenbahn-Spikes, lächerlich. Aber sie ist auch wirklich gut in Form heute. Darwinismus. Das Recht der Projektleiterin, keine Vertragsverlängerung zu unterschreiben. Claudias Vertrag läuft in sechs Wochen aus, und sie muss diesen Vertrag nicht verlängern. Sie darf ihn nicht verlängern. Claudia wird sie umbringen, auch egal, sie lebt ja sowieso kaum mehr. Aber es hat in den letzten Jahren auch gute Momente gegeben. Gute? Ganz wenige ruhige Momente und ein paar prickelnde Momente, in denen ihr gleich Zweifel kamen, ob sie nicht vielleicht doch irgendwann einmal wieder ...? Verbotenes Terrain. Sie liebt es, Claudia zu berühren. Absolut verbotenes Terrain. Aber dann ist es doch nicht nur der Geruch, obwohl, einige Tiere haben die Geruchssinneszellen über den ganzen Körper verstreut. Oder sie sitzen, wie bei Krebsen, hauptsächlich in den Extremitäten. Vielleicht ist davon noch ein wenig im Menschen vorhanden, und wenn sie Claudia berührt, nehmen ihre Fingerspitzen Claudias Geruch auf, und so reagiert ihr Gehirn auch bei Berührung auf den Geruch. Sie ist schließlich Sternzeichen Krebs. Astro-Biologie, gibt's das schon? Aber jetzt hat diese blöde Kuh seit ein paar Monaten wieder eine andere. Sie kann es nicht ertragen, so einfach ist das, sie ist eifersüchtig. Wem soll sie das noch erzählen? Ihre Freundinnen haben bei jeder Trennung aufgeatmet, die Therapeutin hat ihr eine unverarbeitete symbiotische Mutterbindung unterstellt. Sie alle haben recht, aber das hilft ihr nicht weiter, außerdem haben sie alle keine Ahnung von ihrem olfaktorischen Problem. Vor ihr sind plötzlich vier beharrlich nebeneinander brustschwimmende Frauen aufgetaucht, die sich unterhalten und zwischen denen sie nicht durchkommt. »Wenn Sie noch drei Frauen mehr wären, könnten Sie das gesamte Schwimmbad blockieren.« – »Was fehlt Ihnen denn?« – »Platz, hier kommt doch niemand mehr durch.« Sie drängelt sich zwischen zweien durch und sieht, wie die eine jetzt auf Freistil umstellt und auf ihrer Höhe mitschwimmt. Na warte, Mädel, dich steck ich in die Tasche. Eins, zwei, drei, vier, atmen, links, rechts, links, rechts, atmen, eins, zwei, drei, vier, atmen. Die Freischwimmerin neben ihr gibt auf, abgehängt. Zwischensprints sind nicht ohne, jetzt wieder in den Rhythmus kommen, eins, zwei, drei, atmen, eins, zwei, drei, atmen, ruhig, aktiv ausatmen. Einmal hat sie von einer der Frauen, mit denen sie eine Affäre gehabt hat, eine Unterhose und ein T-Shirt leihen müssen. Sie hat den ganzen Tag mit sich selbst gefremdelt und ist jedesmal erschrocken, wenn sie sich gerochen hat. Die Beziehung ist danach rasch abgekühlt. Claudias Wäsche kann sie riechen und die riecht gut, eine Mischung aus Claudias Waschmittel, ihrer Wohnung, dem unverwüstlichen Lavendel aus ihrem Kleiderschrank und wahrscheinlich eine Prise Claudia, genau richtig. Ist das neurotisch? Jedenfalls hat es viel mit den Nerven zu tun. Rechts, links, rechts, atmen, langsam spürt sie die Erschöpfung. So etwas nennt man in der Verhaltensforschung die Affektkomponenten von Gerüchen, und die sind nun mal Schlüsselreize für das Paarungsverhalten von Wirbeltieren. Damit haben Gerüche großen Einfluss auch auf das menschliche emotionale Verhalten, links, rechts, links, Beinschlag, Wende, diesmal ist sie etwas zu weit von der Wand entfernt und kann sich kaum abstoßen, ein Erfolgserlebnis weniger. Eins, zwei, drei, atmen, sie kann es nicht ertragen zu sehen, wie eine andere Frau Einfluss auf Claudias Leben gewinnt. Claudia hat ihr die neue Liebe monatelang verschwiegen; sie hat es trotzdem gemerkt, klar, sie hat es gerochen. Und gesehen jedenfalls hat sie die neue Frisur, den neuen Kleidungsstil, Rosa hat Claudia vorher gemieden wie der Teufel das Weihwasser. »Du solltest öfter Rosa tragen, das steht dir wunderbar«, hat die andere wahrscheinlich gesagt und ihr diese blöde rosa Bluse, die Claudia wirklich gut steht, sogar noch geschenkt. Solche Gedanken fressen ihr ein Loch in den Magen. Verbotenes Terrain. Die goldene Silikonbadekappe mit den Deutschlandrennstreifen nähert sich wieder und macht einen großen Bogen um sie, na also, geht doch. Auch die Formation der Brustschwimmerinnen hat sich aufgelöst, die kleine fette Bombe ist entschärft, langsam nehmen alle Vernunft an, nur sie nicht. Atmen, links, rechts links, atmen, im täglichen Leben wird der Geruchssinn oft unterschätzt, Gerüche haben von allen Sinneseindrücken den höchsten Gedächtniswert, als ob das Hirn Erinnerungen und Stimmungen nicht nach Bildern oder Geräuschen sortiert, sondern nach Gerüchen. Sie ist öfter in Paris, und jedesmal ist sie fasziniert von dem Geruch der Metro, den kann man nicht vergessen, vielleicht kann sie ihr Geräusch und ihre Farbe vergessen, aber niemals den typischen Geruch. Ganz zu schweigen vom Geruch verdorbener Lebensmittel oder gar Verwesungsgeruch. Und der Würgereiz, der auf die Wahrnehmung dieser Gerüche folgt, ist eine instinktive Reaktion des Körpers auf unbekömmliche Lebensmittel. Rechts, links, rechts, atmen, 1900 Meter, Wende, und jetzt die letzten 100 Meter Endspurt im Viererzug, eins, zwei, drei, vier, atmen, links, rechts, links, rechts, atmen, wieso verträgt sie dann Claudias Geruch so gut? Nach allem müssten in ihrem Hirn sämtliche Alarmglocken schrillen, wenn sie in die Nähe dieser Frau kommt. Eben doch der blinde Fleck in ihrem Riechepithel. Was hilft da? Langsam kommt sie richtig außer Puste, links, rechts, links, rechts, atmen, nein, die letzten 50 Meter schafft sie nicht mehr im Viererzug, oder doch, reiß dich zusammen, hör auf zu denken, dann hast du mehr Energie. Nur zählen, eins, zwei, drei, vier, atmen, eins, zwei, drei, vier, atmen. Sie schlägt an, als gäbe es etwas zu gewinnen, stößt sich wieder ab, 50 Meter austrudeln, natürlich gibt es etwas zu gewinnen. Sie dürfte noch gute 35 bis 40 Jahre vor sich haben, das ist doch noch eine ganze Menge Leben. Das Recht der Projektleiterin, keine Vertragsverlängerung, auf gar keinen Fall. Sie steigt aus dem Wasser, die ersten Schritte eiert sie etwas, 2000 Meter ist sie in dem Tempo schon lange nicht mehr durchgeschwommen, duschen und dann essen, sie könnte ein Rind reißen, so hungrig ist sie. Nach der Dusche bestellt sie am Schwimmbadkiosk eine doppelte Portion Pommes rot-weiß. Als sie die riesige Schale mit den frischen Fritten bekommt, bezahlt sie und schenkt der Verkäuferin ihr strahlendstes Lächeln. Sie findet, Pommes riechen ganz wunderbar.

Never-Beginning Stories

Never-Ending Stories bringen keine Ex-Geliebten hervor, bis dass eine das Band endgültig zerschneidet und sich im freien Fall in die Gegenwart übt. Sehr tief kann man aus der Hölle immerhin nicht fallen.

Es gibt andere Konstellationen, in denen weniger eindeutig ist, wer den Titel Ex tragen darf und wer nicht. Offensichtlich kennt das Leben nicht nur Ex-Geliebte, sondern auch andere ex-ähnliche Zustände. Wenn es beispielsweise einfach nichts wird und dies immer wieder von neuem. Der Flirt dauert zu lange, weil bei jedem Versuch etwas dazwischenkommt, und schließlich frisst er sich fest, geht weder vorüber, noch schreitet er zur Tat. Immer mal wieder hat frau einen Anlauf gestartet, sich in Schale geworfen, zum Essen eingeladen, Händchen gehalten, zuweilen sogar in einem Hauseingang geknutscht, aber eine von beiden ist immer unentschlossen und manchmal auch beide. Trotzdem halten sie den Flirt bei niedriger Betriebstemperatur am Köcheln, weil die andere doch irgendwas hat und weil es doch immer mal wieder ordentlich prickelt.

Das wäre also die Never-Beginning Story, die auch in komplizierteren Varianten vorkommt. Dann ist bei der einen richtige Verliebtheit im Spiel, die andere kann sich aber stets nur fast entscheiden. Oder zwei spielen die klassischen Rollen der Anbetenden und der Angebeteten, in der erstere nichts so sehr fürchtet wie die Erfüllung ihrer Sehnsüchte und letztere ihr den Status der dauerhaften Duldung verleiht. Solche Konstellationen können locker jahrelange Beziehungen überdauern, die eine der Beteiligten zwischenzeitlich vielleicht lebt.

Im Gegensatz zur Never-Ending Story, die von bitterem Ernst geprägt ist, wird die Never-Beginning Story, wenn sie nicht zu Ende geht, schließlich zum augenzwinkernden Ritual. Sie ist ein Spielfeld, auf dem wunderbare Freundschaften gedeihen können. Wenn Ex nur sein kann, wen einst eine gelebte Liebesbeziehung verband, sind dies keine Ex-Beziehungen. Aber in der gegenseitigen Wertschätzung als einst begehrte und heute für die Erinnerung an diese Anziehung ausdrücklich geachtete Person zeigen sich durchaus Ex-Qualitäten.

»Man muss keine Beziehung gehabt haben, um Ex zu sein. Wenn auch nur eine ernsthaft verliebt war, ist man auch schon halbwegs Ex. Wichtig ist nur, dass man eine komplizierte Gefühlslage gut zusammen entspannt hat«, erklärte mir eine Frau. Wenn Ex also die sind, die in gegenseitigem Einverständnis die Möglichkeit einer Liebesbeziehung zukünftig ausschließen, obwohl das Gefühlspotential für eine Liebe zeitweilig durchaus vorhanden gewesen wäre, kurz gesagt, wenn Ex ist, wer's hinter sich hat, egal wieviel von diesem Potential wirklich gelebt wurde, dann dürfen auch manche Niemals-Paare ein bisschen Ex sein. Ein wenig verhält es sich mit dem Zustand Ex wie mit der Temperatur. Es mag einen objektiven Gradmesser dafür geben, für den Menschen entscheidend ist aber das situationsabhängige Temperaturempfinden – es gibt einen Nähe-Zustand, der sich am besten mit dem Begriff der gefühlten Ex umschreiben lässt. Auch wenn landläufige, scheinbar objektive Ex-Definitionen, die Liebesbeziehung und Trennung voraussetzen, anderes behaupten.

Und was wird aus Affären, wenn sie vorüber sind? Nichts oder Bindestrich-Exen, also Ex-Affären, Ex-Techtel und Ex-Liaisons. Schließlich ist Liebe keine Frage der zeitlichen Dauer, sondern der Intensität, und so errechnet sich der Status der Ex nicht aus der Länge einer Beziehung, sondern aus ihrer Bedeutung. Auch kleine Affären können große Nachwirkungen haben Ob eine Affäre eine Affäre war oder eine zu früh abgebrochene Beziehung, entscheidet oft erst der Blick zurück, wenn alles vorüber ist. Außerdem können zwei Frauen, die eine Affäre hatten, darüber sehr unterschiedlicher Ansicht sein. Denn Affäre und Liebesbeziehung unterscheiden sich am Anfang häufig kaum, in dieser Phase sind beide einfach leicht und wunderbar. Erst wenn sie aufhören, leicht zu sein, beginnt die Weichenstellung. Eine Affäre war es dann, wenn wenigstens eine im Laufe der ersten Konflikte entscheidet, dass die Sache die Energie nicht wert ist, die es jetzt bräuchte, um diese zu lösen. Das kann an der anderen liegen, an einer selbst oder an einer schlechten Koordination von Zeitpunkt, Ort und Lebensphase. Das Schöne an der nachfolgenden Ex-Beziehung ist ja, dass frau da manches besser machen kann, als es ihr in der Affäre oder Beziehung gelang, und so können sich unverbindliche Affären zu sehr verbindlichen und dauerhaften Ex-Beziehungen wandeln. Sagen wir einfach, Ex-Affären bekommen dann das Ex-Label, wenn man sich ihrer erinnert – und wenn sie sich Ex anfühlen.

Und Sex?

Dürfen echte Exen Sex miteinander haben? Und wenn ja, wann und wie oft?

Abschiedssex jedenfalls zählt nicht. Sex in der Trennungsphase ist nicht wirklich Sex unter Exen, er ist vielmehr ein Abschiedsritual Liebender und lebt von dieser bittersüßen Atmosphäre. Noch einmal wissen und spüren, wie das war, aber schon wissen, dass es Vergangenheit ist. Schließlich scheitern lange nicht alle Lieben im Leben an abflauendem Begehren und unbefriedigendem Sex – es gibt auch andere Gründe, sich zu trennen. Die gemeinsame Sexualität muss nicht unbedingt als erstes von einer ausgesprochenen Trennung berührt sein. Wenn alles andere konfliktträchtig ist – warum sich nicht in guten Momenten das gönnen, was schön miteinander war? Abschiedssex endet, sobald die Trennung so weit gediehen ist, auch den Bereich der Sexualität zu trennen. Das ist dann ein weiterer Schritt auf dem Weg des gegenseitigen Loslassens, das auf einen Schlag oft nicht möglich ist. Für vielleicht bereits existierende neue Geliebte ist das nicht angenehm, aber neue Geliebte müssen auch nicht alles wissen, was vor allem die zwei angeht, die das letzte Kapitel ihrer Liebesgeschichte schreiben.

Und wenn der Sex nach dem Abschied weitergeht? Oder wiederentdeckt wird? Sind die zwei dann Ex-Geliebte oder neue Geliebte? Was ist daran dann eigentlich noch Ex? Ist das nicht eher die Variante »Stell dir vor, du hast eine Beziehung und merkst es noch nicht einmal!«?

Die Autorin Traude Bührmann hat für diese sexuelle Spielart der Ex-Beziehung den Begriff der »sExen« erfunden, der die Kombination von vergangener Liebesbeziehung und weiterhin miteinander gelebter Sexualität zum Ausdruck bringt. Ex ist dann eine Lebenshaltung, die weniger Sex ausschließt als daraus resultierende Beziehungsautomatismen.

Ex, habe ich behauptet, sei, wer's hinter sich hat. Aber was hinter sich hat? Auch hier geht es um mehr als nur um Sex, eine Beziehung ist ja nicht einfach dann beendet, wenn frau keinen Sex mehr miteinander hat. Und nur Sex macht noch lange keine Beziehung. Nicht alle, die öfter miteinander Sex haben, egal ob Ex oder nicht Ex, würden deswegen gleich behaupten, dass es eine Liebesbeziehung ist, die sie verbindet. Manchmal kann frau einfach im Bett ziemlich viel Spaß miteinander haben, ansonsten aber nicht sehr viel miteinander teilen. Zu Beziehungen hingegen gehören gemeinsame Lebensperspektiven, Konflikte, Alltag, Liebe, sie sind ein Gemisch aus wechselnden, aber immer vielen Zutaten. Wenn Sex in der Ex-Beziehung möglich ist, ohne dass daraus entweder eine neue Liebesbeziehung oder eine Never-Ending Story entsteht, ist Ex hier vielleicht eine Beziehungsform, die auf Sicherheitsansprüche zugunsten freiwilliger Verbindlichkeiten verzichtet. Oder Ex ist, wenn die Sehnsucht außen vor gehalten wird, denn in Beziehungen liegen Sehnsucht und Besitzanspruch zuweilen verdammt nahe beieinander. Ex-Beziehungen eignen sich schlechter als Projektionsfläche für unerfüllte Sehnsüchte. Dazu fehlt ihnen das Prickeln, die Leidenschaft und der gemeinsame Traum, aber auch die Sicherheit, die Nähe und die Herausforderung Alltag. Die Gelassenheit der Ex-Beziehung hat ihren Preis, ob mit oder ohne Sex.

»Nach der Trennung war Sex natürlich erst einmal absolut tabu. Aber nach etwa zwei Jahren, als uns beiden richtig klar war, dass wir die Trennung jetzt in jeder Hinsicht vollzogen hatten, ist es uns im Überschwang eines netten und langen Abends zum ersten Mal passiert, dass wir miteinander im Bett gelandet sind. Vorher hatte ich gedacht, das ist genau das, was nicht passieren darf. Dann geht die Mühle wieder von vorne los, dann sind wir mittendrin in unseren alten Geschichten. Aber es war ganz anders. Sehr vertraut, aber mehr so, wie wenn man an einen Ort zurückkommt, wo man einmal zu Hause war, man weiß aber in jedem Moment, dass es das nicht mehr ist und dass man wieder gehen wird. Es war durchaus zugewandt, nicht unzärtlich, aber auf eine Art auch schlicht pragmatisch und übrigens auch sehr lustig. Seitdem kommt es ab und zu vor, dass wir miteinander Sex haben, aber ich befürchte nicht mehr, dass wir uns dabei wieder verlieben und miteinander von vorne anfangen. Diese Dramatik gibt es nicht mehr zwischen uns. Und Sex geht nur, wenn keine von uns gerade verliebt ist. Ich glaube, das ist unser unausgesprochenes Gesetz. Kann auch sein, dass wir irgendwann ganz darauf verzichten, weil wir uns verändern, weil sich unser Leben verändert, aber solange es uns beiden Spaß macht, warum nicht?«

Stimmt also die beliebte Formel nicht, die besagt, Liebe sei gleich Freundschaft plus Sex?

Ich fürchte, der Thematik ist mit solch mathematischer Logik nicht wirklich beizukommen. Sonst wäre, in der Umkehrung der Gleichung, Freundschaft gleich Liebe ohne Sex, was ja den Platonikerinnen noch gefallen könnte. Aber dass Sex der Liebe ohne Freundschaft entspricht, würde allenfalls noch die These unterstreichen, dass beim Sex alle Freundschaft aufhört.

Oder es müssen noch ein paar andere Gesetze berücksichtigt werden, das der Unendlichkeit vielleicht, auf die manche Werte zustreben. Die Liebe gehört zweifellos zu diesen unberechenbaren Größen. Und es müsste das Axiom mit eingerechnet werden, dass Liebe zu einer Beziehung führen kann, aber nicht muss. Liebe ist nicht gleich Beziehung, eher scheint mir manchmal, Beziehung ist die komplizierteste Form von Liebe. Das ergibt schließlich eine Gleichung mit ziemlich vielen Unbekannten, die erst gen unendlich streben und dann ziemlich exakt endlich werden, sobald der Faktor Zeit mitgerechnet wird. Vielleicht ist es dann doch eine Sache der Mathematik, die sich ja auch die Aufklärung der Paradoxien des Unendlichen zur Aufgabe macht. Doch in diesem Fall würde ich das praktische Leben der Mathematik vorziehen.

Letzte offene Frage

Und wenn zwei Ex-Geliebte wirklich und mit vollem Bewusstsein wieder eine Liebesbeziehung miteinander anfangen?

Dann sind sie zumindest mit Bestimmtheit keine Ex-Geliebten mehr, sondern Ex-Ex-Geliebte und zweimal Ex hebt sich auf. Damit fallen sie aus dem thematischen Dunstkreis dieses Buches heraus. Der zweite Versuch ist entweder ein sicheres Anzeichen für den Beginn einer Never-Ending Story und damit der gemeinsame Ritt in die Hölle. Oder er ist tatsächlich ein Neuanfang, auch das soll's geben. Vielleicht kann es ja wirklich manchmal spannend sein, wenn zwei, die's hinter sich haben, plötzlich wieder alles vor sich liegen sehen. Daraus sollen angeblich schon wunderbare Beziehungen entstanden sein, als ob der Schock der Trennung und die Erfahrung des gemeinsamen Ex-Zustands eine weise Reife bei beiden hervorgerufen hat. Allerdings sollte den Re-Beginnerinnen klar sein, dass der Parcours beim zweiten Rennen zwar anders gesteckt sein mag, die Hindernisse jedoch die gleichen bleiben. Ich sprach während der Entstehung dieses Buches jedenfalls mit mehreren Frauen, die nach dem Scheitern des zweiten Versuchs überhaupt nicht mehr miteinander sprechen. Aber auch das soll ja ein endlicher Zustand sein.

Das große Schweigen – Spielarten der Nicht-Beziehung zur Ex

Sechs Monate Ewigkeit

Liebe Elli,

erinnerst Du Dich? Leipzig 1992, die Parterre-Wohnung in der Auerbachstraße .. ?

Ich bin über die Website der Universität von Albany auf Dich gestoßen. Es ist seltsam, nach so vielen Jahren plötzlich ein Foto von Dir zu sehen, zehn Jahre älter – nein, nein, Du siehst gut aus!

Ich lebe schon lange nicht mehr in Leipzig, sondern in Heidelberg und bin Ärztin im Uni-Klinikum. Also doch kein Leben für die Literatur ... Schreibst Du mir?

Herzliche Grüße aus Heidelberg – das Dir auch gefallen würde oder vielleicht auch nicht. Vielleicht würde Dir Leipzig heute auch nicht mehr gefallen. Warst Du je wieder dort?

Katrin

Oder wäre es klüger, auf Englisch zu schreiben? Elli hatte damals darauf bestanden, dass sie Deutsch miteinander sprachen – auf Katrins britisch-mecklenburgisches Englisch, Ergebnis von sechs Monaten als Au-Pair in England, hatte Elli immer auf Deutsch geantwortet. Ellis Deutsch war eine rührende Mischung von Anglizismen und perfekt sächsischer, wenn auch etwas altmodischer Umgangssprache gewesen.

Nur in ausgewählten Momenten, meistens nachts, wenn sie sich geliebt hatten und auf dem Hochbett der auch im Sommer leicht modrig riechenden Connewitzer Einraum-Wohnung lagen, hatte sie sich zu einem seltenen Satz in ihrer Muttersprache hinreißen lassen. Und Katrin hatte meist nur die Hälfte verstanden, weil der amerikanische Akzent ihr damals so fremd gewesen war.

Durch Ellis akzentgefärbtes Deutsch hatten sie sich kennengelernt. Elli hatte an einem Spätnachmittag im Februar 1992 an der Straßenbahnhaltestelle am Ostplatz eine Studentin nach der Leninstraße gefragt, die sie nicht finden konnte, weil es damals keine Leninstraße mehr gab, sondern nur eine umbenannte Prager Straße im alten Medizinerviertel. Katrin hatte den amerikanischen Akzent erkannt und sich auf Englisch eingemischt. Angeberei, natürlich, wer sprach damals in Leipzig schon fast perfekt Englisch? Elli hatte sie angeschaut, strahlend gegrinst und auf Deutsch gesagt: »Sie kennen sich sehr gut aus. Sind Sie Medizinstudentin?« Sie hatte bejaht. Elli wollte die Gebäude der alten medizinischen Fakultät, die Chirurgische Klinik, das Rote Haus, das Waisenhaus anschauen und fotografieren. »Ich kann Ihnen das Viertel gerne zeigen«, hatte Katrin angeboten. »Das ist so lieb, ganz gerne, ja. Und ich heiße Elli.«

Auf dem Weg durch das Medizinische Viertel hatte Elli Nedo, Kommunikationswissenschaftlerin und leidenschaftliche Amateur-Fotografin aus den USA, erzählt, warum sie in Leipzig war. Ihre Großeltern stammten aus der Stadt und waren noch vor der Machtergreifung Hitlers in die USA ausgewandert. Sie hatten an der Ostküste nahe der kanadischen Grenze eine Fabrik für Eisenwaren aufgebaut, Spezialschrauben, Gürtelschnallen, Plaketten und Klingelschildrohlinge. Später hatten Elli und Katrin zusammen über »Messingklingelschildrohlingstanzform«, eines der deutschen Lieblingswörter Ellis, gelacht.

Der Fall der Mauer war fast auf den Tag genau mit dem Tod von Ellis Großmutter zusammengefallen, und beides hatte Elli tief aufgewühlt. Nach einer ersten kurzen Reise nach Berlin und Leipzig 1991 hatte Elli den Entschluss gefasst, das Erbe ihrer Großmutter für einen sechsmonatigen Aufenthalt im Ostteil Deutschlands und vor allem in der Geburtsstadt ihrer Großmutter zu verwenden.

Katrin war fasziniert von Ellis Redeschwall. Persönliche Geschichte, Stadtgeschichte, der Krieg und die Zerstörung weiter Teile des Medizinischen Viertels, der Tod ihrer Großmutter, die auch Elli geheißen hatte, ein alter Schriftzug auf einem Gebäude, der offensichtlich noch aus der Zeit vor dem Krieg stammte, alles hatte Bedeutung, eine auf sie zugeschnittene Bedeutung, und jetzt war Elli hier in dieser Stadt, und das war wundervoll. Sie fasste Katrin an der Schulter, griff sie am Arm und zog sie hinter sich her, wenn sie ihr etwas zeigen wollte. Später hatte Elli behauptet, sie habe vom ersten Moment an gewusst, dass die Begegnung mit Katrin eine der besonderen Art werden würde.

Katrin stammte aus Rostock und studierte damals im ersten Semester Medizin in Leipzig. Sie hatte kurz vor dem Mauerfall in Rostock Abitur gemacht und anschließend einen Studienplatz für Schiffsbetriebstechnik in Wismar bekommen. »Jeder Seemann ist ein Garant für den Frieden« – nicht dass sie Ingenieur hatte werden wollen, sie wusste überhaupt nicht, was sie wollen sollte. Man hatte in der DDR aber auch nicht wollen müssen, weil das Bildungssystem allemal besser wusste, was man wollen durfte. Ihre Noten in den technischen Fächern waren hervorragend, sie war nie unangenehm aufgefallen, und der angestrebte Beruf versprach, vielleicht eines

Tages in den Reisekader zu rutschen und per Schiff durch die Welt reisen zu dürfen. Und dafür wäre sie auch bereit gewesen, eine Partei-Karriere zu machen. Das Studium hatte sie 1990 abgebrochen, und kurz nach der Währungsunion war sie mit dem 1:1 umgetauschten Sparbuch ihrer Oma durch Europa gereist – »Reise, Kati, lerne die Welt kennen; dass unser Spielgeld am Ende dazu taugt, ist doch wunderbar« – erst Südeuropa, dann Großbritannien und Irland.

An jenem ersten Abend waren sie zunächst stundenlang durch das Medizinische Viertel spaziert, wo bei Dunkelheit nicht mehr viel zu sehen war von den historischen Gebäuden, und dann zu Fuß Richtung Connewitz marschiert. Elli hatte sie nach ihrer Geschichte gefragt, Katrin hatte erzählt, und Elli war als Zuhörerin ebenso erstaunlich wie als Erzählerin. Alles hatte Bedeutung und war wichtig – wenn man wollte und Elli einem zuhörte. Als Katrin von ihrer Oma erzählte, fand Elli es unglaublich, dass ihnen beiden ganz wichtige Schritte ihres Lebens durch ihre Großmütter ermöglicht worden waren. »Wir müssen ein Buch über Großmütter schreiben. Unsere Großmütter sind im Kopf viel freier als unsere Mütter. Unseren Müttern macht unsere Sehnsucht Angst, unsere Großmütter leben ihre Sehnsucht durch uns, das ist ihr Vermächtnis.« Elli hatte wirklich »Vermächtnis« gesagt, daran erinnerte sie sich genau, und ihr war fast schwindlig geworden, weil sie in solchen Worten nie gedacht hatte. Sie hatte dieses Kribbeln gespürt, das sie auch heute noch überkam, wenn etwas neu war und sie wusste, es würde wichtig sein, Welten öffnen.

Wie damals in England, wo sie am Ende ihrer Reise ein halbes Jahr als Au-Pair bei einer Arztfamilie in der Nähe von Sheffield gearbeitet und Englisch gelernt hatte. Die Familie war ein Glückstreffer gewesen. Am Ende hatte sie sich kaum mehr um die Kinder kümmern müssen, sondern war Mr. Owens Assistentin in dessen Arztpraxis gewesen und hatte ihn sogar auf Hausbesuche begleitet. Sie wollte Ärztin werden – als sie zurückkam, stand dieser Entschluss fest. Dass sie den Studienplatz nun ausgerechnet in Leipzig und nicht in Köln, München oder Heidelberg bekommen hatte, war zwar ärgerlich gewesen, aber lange wollte sie in Deutschland allemal nicht bleiben, ob Ost oder West.

Die Wende hatte für sie vor allem bedeutet, dass die Welt, die in ihrem Schulatlas auf der Karte »Politische Systeme« zu zwei Dritteln aus einheitlich hellgrauen und unbereisbaren kapitalistischen Ländern bestand, zu einem Universum der vielfältigsten Möglichkeiten wurde.

Vor der Wende hatte sie in einer Welt gelebt, in der es vor allem gelangweilte Vorhersehbarkeit gab. Sie hätte ihren Lebenslauf schreiben können, bevor ihr Leben überhaupt stattgefunden hatte: Studium in Wismar, danach Ingenieur der VEB Kombinat Schiffbau Rostock. Sie wusste, was sie in zwanzig Jahren verdienen würde und was sie dafür würde kaufen können. Mit der Wende war alles unvorhersehbar und unberechenbar geworden. Für sie war dieser Zustand ein einziges Glücksgefühl gewesen.

Elli hatte sie auf halbem Weg nach Connewitz, als sie völlig durchgefroren waren, zum Essen eingeladen, was Katrin ein bisschen befremdlich fand und sich in Leipzig abends um zehn damals noch als eher schwierig erwies. Sie waren schließlich in einer neueröffneten Gaststätte gelandet, »Sandra's Bistro«, das in der Mikrowelle aufgewärmte Tiefkühlpizza servierte. Elli begnügte sich damit, die Pizza in kleine Stücke zu zerteilen, den einen oder anderen Happen abzubeißen und über zwei Drittel der Pizza wieder abservieren zu lassen. Katrin fand, es schmeckte nicht und hatte dennoch alles aufgegessen – und sich dabei ein bisschen ostig gefühlt. Man ließ in der Gaststätte nicht den halben Teller unberührt stehen, um am Ende für das ganze Essen zu bezahlen.

Um kurz vor elf wurden sie aus dem Bistro geworfen, was Katrin auch peinlich ostig fand, aber Elli hatte gelacht, wie nur Elli lachen konnte. Elli hatte den ganzen Abend von Leipzig geschwärmt, den wunderbaren Häusern, sie sah Schätze, wo Katrin nur Grau sah. Elli fand alles faszinierend, was Katrin unglaublich normal oder ausgesprochen lästig fand. »Für mich ist das, zurück zu meinen Wurzeln zu kommen. Ich kann es nicht fassen, dass ich so vieles noch so sehen kann, wie meine Großeltern es auch gesehen haben. Die Kommunisten haben die Zeit an vielen Orten angehalten, sie haben sie ignoriert. Bis ich diese Stadt gesehen habe, habe ich nicht gewusst, dass das geht. Und für dieses Kunststück bin ich ihnen sehr, sehr dankbar.«

»Und ich bin sehr dankbar, dass die Zeit wieder läuft, bevor mein Leben halb vorbei ist.«

Elli hatte wieder gelacht.

Katrin konnte sich noch immer nicht entscheiden, die eMail abzuschicken. Sie las den Text ihrer kurzen Nachricht zum zwanzigsten Mal. Nach dem Mauerfall hatte sie in einer unglaublichen Euphorie gelebt, die fast drei Jahre angedauert hatte. Erst als sie nach dem Physikum aus Finanznot ein Studienjahr in England abbrechen musste, ihr Vater arbeitslos wurde und sie wie alle anderen auch dem hemmungslosen

Ausverkauf der neuen Bundesländer zuschauen konnte, bekam die geliebte Unberechenbarkeit der neuen Verhältnisse für sie auch eine bedrohliche Komponente.

Als sie Elli begegnete, war Katrin schon Lesbe – wenigstens theoretisch, das Wort war nicht so richtig ihres gewesen. Sie wusste, dass sie in ihrem Leben Frauen lieben würde. Sie hatte nach ihrem Au-pair-Aufenthalt in einem Kölner Krankenhaus gearbeitet und mehrere Wochen in der Frauen-WG einer West-Cousine gewohnt. Von den fünf Frauen waren drei lesbisch, und Katrin hatte schnell begriffen, dass das auch ihr Leben sein würde.

Mit Jungs war sie immer sehr gut befreundet gewesen, verliebt hatte sie sich aber immer in ihre Lehrerinnen oder Frauen aus dem Sportverein, die allesamt um einiges älter waren als sie. Sie hatte einfach gedacht, die Liebe, das ist halt nichts für mich. Das dachte sie jetzt nicht mehr. So undramatisch – und theoretisch – war ihr Coming-out gewesen. Auch dieses Wort hatte sie in Köln gelernt und das Theater nicht verstanden, das darum gemacht wurde. Wenn man Frauen lieben und trotzdem alles tun konnte und durfte, was man wollte – studieren, arbeiten, mit der Freundin zusammenwohnen – wo war das Problem?

Das Problem dieser Leipziger Nacht war gewesen, dass sie Elli seit Stunden küssen wollte und nicht wusste, wie das ging.

Weil es kalt war, weil die letzte Straßenbahn zum Studentenwohnheim am Friedenspark schon abgefahren war, weil Elli Katrin ihre ersten Leipzig-Fotos zeigen wollte, weil Katrin unendlich dringend aufs Klo musste und weil sie es beide wollten, waren sie am Ende in Ellis Connewitzer Parterre-Wohnung in der damals völlig verrotteten Auerbachstraße gelandet. Außenklo und Ofenheizung. Sie hatten Glühwein getrunken, Rotwein mit Zimt, Wodka und viel Zucker, Fotos angeschaut, geredet und geredet und schließlich geschwiegen. Hatten sich nebeneinander ins Bett gelegt, gekichert und wieder geschwiegen, gute Nacht gesagt, nicht geschlafen, bis Elli fragte: »Schläfst du?« – »Nein.« Es folgte Ellis erster englischer Satz: »I want to kiss you.« Das hatten sie getan. Sechs Monate lang.

Elli hatte Katrin ihren eigenwilligen Blick auf die Dinge nahegebracht, den Blick für absurde Details, Katrin hatte Geschichten zu den Details erfunden, sie hatte Geschichten aufgeschrieben, und Elli hatte fotografiert. Sie waren nach Halle, Dresden, Jena und Weimar gefahren, waren im August 1992 zur Mahnwache nach den rassistischen Krawallen in Rostock gereist und in die alten Ostseebäder. Elli hatte noch mehr fotografiert, sie hatten sich gegenseitig ihre Sicht der Dinge erzählt, Pläne gemacht für eine große Ausstellung »Zwei Augenblicke Ost«, wollten zusammen in die USA reisen, hatten von »Zwei Augenblicke USA« geträumt und sich immer und immer wieder geliebt. In Ellis muffiger Wohnung, in Jugendherbergen, Pensionen und Privatzimmern in allen möglichen Städten, am Kulkwitzer See, in einem Bungalow und am Strand auf Rügen, auf einer Lichtung im Thüringer Wald und am Ufer der Elbe in Sachsen-Anhalt. Sie sahen sich Stipendien und Preise gewinnen und ein legendäres Künstlerinnenpaar werden.

Ellis Leipziger Zeit sollte im September 1992 zu Ende sein. Katrin wollte bis Dezember genügend Geld für einen Flug und mindestens vier Wochen USA verdient haben. Ihr Studium hatte sie in diesen Monaten mehr oder weniger an den Nagel gehängt. Im August kamen Katrin die ersten Zweifel, ob es wirklich *ihr* Leben war, das sie gerade lebte und träumte. Sie hatte Ärztin werden wollen, hatte sich in der Forschung gesehen, Krankheiten bekämpfen wollen, ihr Traum war der Nobel-Preis für Medizin gewesen und nicht der Pulitzer-Preis. Liebe, ja, aber... Sie belegte einen Physikum-Vorbereitungskurs und stellte alle Weichen, ihr Studium im Wintersemester fortzusetzen. Ellis Begeisterung und Katrins Pragmatismus knallten jetzt in kleinen Dingen aufeinander, und je näher Ellis Abreise kam, desto weniger sprachen sie über die Zukunft. Als sie sich in München am Flughafen verabschiedeten, waren sie beide in Tränen aufgelöst. »You'll always be my German girl«, waren Ellis letzte Worte gewesen, bevor sie zum Boarding verschwand.

Katrin hatte sich in den folgenden Wochen in enorme Geschäftigkeit gestürzt. Sie zog endlich aus dem Zimmer im Studentenwohnheim, das sie in den letzten sechs Monaten kaum genutzt hatte, in eine WG. Sie entdeckte ein ganz neues Sozialleben mit ihren Mitbewohnerinnen und organisierte eine Lerngruppe Medizin. Nach zwei Wochen erhielt sie einen Brief von Elli, die von Galerien erzählte, die ihre »East Moments«-Fotos ausstellen wollten. Wenige Tage später telefonierten sie, die Verbindung in der zugigen Telefonzelle war schlecht, die Schlange davor lang und ungeduldig. Sie verstand Elli kaum, die eine unnatürlich hohe und metallische Stimme hatte und voller Enthusiasmus von ihren Projekten erzählte. Katrin hatte irgendwann einfach aufgelegt, geweint und gewusst, dass sie endgültig wieder in ihrem Leben angekommen war. Sie hatte erklärende Briefe angefangen und nie abgeschickt. Es war vorbei. Es war wunderbar gewesen, und es war vorbei.

Heute war ihre Großmutter gestorben, die Sparbuch-Oma, über die Elli und sie ein Buch hatten schreiben wollen. So war die Erinnerung wiedergekommen. Sie hatte »Elli Nedo« gegoogelt, war neben einigen Veröffentlichungen auf die Website der New York State University in Albany gestoßen und hatte dort ein Foto von Elli und ihre eMail-Adresse entdeckt.

Sie las die wenigen Zeilen ihrer Mail noch einmal, schloss das Mail-Fenster, und als das Programm fragte, ob diese eMail wirklich unwiderruflich gelöscht werden solle, klickte sie auf »Ja«.

»Mir wurde in diesem Moment klar, dass ich gar nicht möchte, dass meine Erinnerung durch eine real existierende Person korrigiert wird. Ich meine, Elli war wahnsinnig wichtig für mich, und dieses halbe Jahr war eine ganz tolle Zeit. So unbeschwert und rückhaltlos habe ich mich wahrscheinlich nie wieder auf eine Frau eingelassen. Aber es war eben auch die Situation, die das ermöglicht hat. Wir hatten ja nie wirklich Alltag miteinander, das war ein halbes Jahr Ausnahmezustand mit klar definiertem Ende, die ganzen Konflikte von wegen welche will wie viel von der anderen, die hatten wir überhaupt nicht. Zudem war Elli meine erste Frau, und ich glaube wirklich, dass ich in dieser Zeit ein paar Dinge begriffen habe, die auch später für mich noch sehr wichtig waren. Dass Träume dafür da sind, gelebt zu werden, dass ich verrückte Dinge einfach machen kann, dass ich meine Ideen wichtig nehme, weil sie meistens nicht schlechter sind als die anderer Menschen – das alles habe ich durch Elli begriffen.

Aber nach dreizehn Jahren Kontakt aufzunehmen zu einer Frau, die ich ja eigentlich nicht mehr kenne, das kam mir plötzlich ganz absurd vor. Ich wollte mir diese ganze Geschichte, meine Erinnerung und mein Bild von Elli nicht durch einen nichtssagenden eMail-Wechsel entzaubern lassen.«

Manchmal schreibt das Leben abgeschlossene Geschichten, die durch keinen Epilog ergänzt werden müssen. Dann geht eine Beziehung zu Ende, weil alles, was möglich war, passiert ist, und eine Umwandlung der einstigen Liebesbeziehung in eine Freundschaft wäre eine Art künstliche Lebensverlängerung. Persönliche Entwicklungen verlaufen nicht stringent, frau probiert viel aus, lebt in manchen Phasen Seiten der eigenen Persönlichkeit, die eben nur für ein paar Monate, ein halbes Jahr, mal länger, mal kürzer danach drängen, gelebt zu werden. Gerade in Zeiten von Umbruch, Reisen und Ortswechseln drängt oft ein Potential danach, ausgedrückt und gelebt zu werden, das kein ganzes Leben oder viele Jahre braucht, um erschöpft zu sein. Beziehungen und Affären aus solchen Zeiten lassen sich im nachhinein gerade deshalb als große und leidenschaftliche Liebe erinnern, weil sie zum richtigen Zeitpunkt vorbei waren, weil es nie zur furchtbaren Phase des Liebesverfalls kam. Dann ist es vorbei, und das ist richtig so. Die wenigen Fälle im Leben, in denen es gelingt, tatsächlich dann einen Schlußstrich zu ziehen, wenn's am schönsten ist, danken dies als ungetrübt schöne Erinnerungen.

Noch undramatischer ist es, wenn sogar das Vergessen ein beiläufiger Prozess ist: Manchmal gab es eine, die trifft man nie wieder und merkt es noch nicht einmal. Das geschieht leise und unauffällig. Lieben, an deren Ende man sich gelegentlich erinnert wie ans Abitur, einen Umzug oder die Verschrottung eines Autos. Unwiderruflichkeit ist nicht immer bitter – das Leben verändert sich. Punkt. So sieht die friedlichste Form des Nicht-Kontaktes mit einer vergangenen Liebe aus.

Das große Gruseln

Es geht auch anders. Den Kontakt abzubrechen und etwas nicht zu tun kann Ausdruck größter Aktivität sein. Ex-Geliebte, die nicht miteinander sprechen, tun das meist mit beachtlichem Aufwand an emotionaler Energie und führen jede für sich die gemeinsamen Gespräche, die sie sich verweigern, im Kopf, mit der besten Freundin oder mit der Ex, die der akuten Ex voranging, endlos weiter. Diese Phase ist für alle Beteiligten zermürbend.

Es gibt also grundsätzlich zwei verschiedene Spielarten, keinen Kontakt mehr miteinander zu haben. Die eine ist ein Aus-den-Augen-Verlieren, für das es unterschiedlichste Gründe geben kann. Dann ist das Präfix Ex- einfach der Zustand, der eine Beziehung dauerhaft abschließt. Die zweite Spielart ist der vorübergehende Kontaktabbruch, der sich aus den Abgründen ergibt, die sich bei Trennungen auftun können. Die Klüften, die zwischen dem einstigen »Für immer« und dem gegenwärtigen »Nie wieder« liegen, können tief sein.

Dabei liegen »für immer« und »nie wieder« eigentlich sehr eng beieinander – beides setzt die zeitliche Dimension mangels Endpunkt außer Kraft. Für das praktische Liebesleben bedeutet das im Falle einer Trennung, dass das eine zeitlich auf das andere folgt. Liebe ist am Anfang immer zeitlos – das heißt auf ewig – angelegt. Wer sich verliebt und etwas anderes behauptet, lügt. Der unvermeidliche Zusammenprall von Ewigkeit mit zwei ausgewachsenen Persönlichkeiten und der Außenwelt ergibt dann jene explosive Mischung, die sich Beziehungsalltag nennt. Mit ihm halten Zeit und Vergänglichkeit wieder Einzug in die Liebe. Denn Beziehungen wollen gelebt und nicht nur, wie es in den ersten Monaten einer jubilierenden Verliebtheit oft geschieht, geträumt werden. So erweisen sich Traumfrauen im wirklichen Leben, dem Alltag, als fehlerbeladen, stressanfällig und anstrengend. Gleichzeitig zeigt sich, dass Liebe kein tonisches Dauergefühl ist, das allen Krisen standhält. Und wenn die Krisen langfristig nachhaltiger sind als die Liebe – ist irgendwann Schluss.

Am Ende macht sich Zeitlosigkeit noch einmal breit. Ende heißt nie wieder, und »nie« ist einfach nur die Ewigkeit mit negativem Vorzeichen. Wenn die Verletzung so groß ist, wie die Liebe einmal war, fällt mindestens eine von beiden den Entschluss, den Kontakt abzubrechen. Wer sich für immer lieben wollte, spricht dann erst einmal nie wieder miteinander. Dieses Schweigen ist der letzte stumme Akt einer Liebesbeziehung. Richtig Ex hingegen ist erst, wer das »nie wieder« genauso wie das »für immer« nicht mehr im Kopf hat. Dann sprechen sie wieder miteinander, und die Ex-Beziehung beginnt. Oder sie tun es nicht, weil es sich nicht ergibt, weil sich das Leben anders entwickelt, weil mit der Zeit, deren Uhr jetzt wieder tickt, das Interesse schwindet.

Manchmal bleibt einfach nichts, und nicht jede vergangene Liebe muss zur Freundschaft mit der Ex wiederaufbereitet werden. Gerade wenn die Trennung so verläuft, dass sie von der einen verlangt, noch vorhandene Gefühle in sich abzuwürgen, erübrigt sich häufig weiterer Kontakt. Dann ist die Liebe schließlich mühsam erstickt, das letzte Wort gesagt, und jede Wiederbegegnung ist ein Stelldichein mit einer toten Liebe. Es muss nicht jedes Grab geöffnet werden, und es gibt genug Gründe, sich statt dessen lebendigen Gefühlen und Menschen zuzuwenden.

Es existiert jedoch keine Faustregel, die lehrt, wie Liebesbeziehungen und Trennungen ausgesehen haben müssen, um sich später zu jener speziellen Art von Frauenfreundschaft zu wandeln, die Ex-Beziehungen von Lesben ausmacht. Schreckliche Liebesbeziehungen können zu wunderbaren Freundschaften werden, während gern erinnerte Beziehungen zu nichts versanden.

Offensichtlich lassen sich die schlimmsten Verletzungen manchmal verzeihen und manchmal eben nicht. In dem Moment, wo alte Vertrautheit gepaart mit neuem Vertrauen die Oberhand über die Verletzung gewinnen, kann die Freundschaft beginnen. Manchmal kommt dieser Punkt nie, und es gibt durchaus Beziehungen, nach denen frau dankbar ist für die menschliche Fähigkeit des Vergessens.

Im übrigen ist nicht nur Erinnern, sondern auch Vergessen ein melancholisches Geschäft. Wenn große Lieben zur vergessenen Vergangenheit werden können, bietet das Leben offensichtlich nicht viel Großes, das Bestand hat. Vielleicht ist die gehegte Beziehung zur Ex doch auch Medizin gegen die Vergänglichkeit.

»Unsere Trennung war noch einigermaßen dramatisch. Auslöser war eine Affäre von Marlies, Lügen, Heimlichkeiten und der ganze Schwanz von Verletzungen, der an solchen Geschichten immer dranhängt. Ich war unendlich sauer. Aber nachdem die erste Verletzung abgeflaut war, schlug das ganz schnell um in eine Gleichgültigkeit, für die ich mich fast schuldig oder schäbig gefühlt habe. Ich habe einfach wieder mein altes Leben gelebt. Als hätte ich mein Leben während unserer Beziehung mal kurz gegen ein anderes eingetauscht. Ich habe fast nahtlos an dem Punkt drei Jahre vorher wieder angeknüpft, als wäre das alles nur ein Dornröschenschlaf im falschen Märchenfilm gewesen.

Wahrscheinlich hatte das viel mit der Art unserer Beziehung zu tun. Die war sehr eng und zeitfüllend, fast symbiotisch. Gleichzeitig war da aber auch immer etwas Unentschlossenes. Im nachhinein würde ich sagen, wir hätten nie mehr als ein kurzes Techtelmechtel haben dürfen. Wir wussten beide nicht so recht, wohin mit uns und haben diese Langeweile miteinander geteilt, um sie nicht so zu spüren. Damit der Selbstbetrug nicht auffliegt, haben wir uns total aneinandergeklammert. Wir waren eines von den Paaren, die immer aneinanderkleben und sich anfassen, ohne sich damit wirklich etwas zu sagen, permanente Bestätigung der Beziehung, furchtbar. Später habe ich mal gehört, dass wir den Spitznamen »Die Lieschen« hatten – Marlies und Elisabeth.

Das, was in der Zeit unserer Trennung passiert ist, Marlies' Affäre und die tausend Lügen – ich kann weder behaupten, ich hätte Marlies das alles verziehen, noch dass ich es ihr nicht verziehen hätte. Verzeihen macht ja nur dann Sinn, wenn noch Gefühle füreinander da sind, wenn es einen Wunsch zur Fortsetzung gibt. Aber so ist es egal, weil diese ganze Geschichte mit Marlies im nachhinein so wenig Bedeutung hat. Ein absolut unproduktiver Irrtum, kein Fehler, aus dem ich klug geworden bin oder wenn, dann nur insofern, dass ich seitdem viel genauer auf meine Gefühle in Beziehungen schaue und da sehr wachsam und auch ein wenig streng mit mir bin.

Schuldig habe ich mich gefühlt, übrigens eher schuldig mir gegenüber als ihr gegenüber, weil es eine frustrierende Erkenntnis ist, drei Jahre neben sich selbst hergelebt zu haben. Ich bin nachts aufgewacht mit der plötzlichen Erkenntnis, hör mal, wenn du drei Jahre lang an dir selbst vorbeilebst – vielleicht wärst fähig, dein ganzes Leben zu verpassen. Drei Jahre lang an etwas glauben, das es nicht gibt und das keine Spuren hinterlässt ...

Wir haben uns nach der Trennung zunächst noch getroffen und hatten beide den Anspruch, einander in die Augen schauen zu können, miteinander befreundet zu sein und dieses ganze Blabla. Achtziger-Jahre-Psychokitsch – man muss sich auseinandersetzen, alles ausdiskutieren und in quälend endlosen Gesprächen alle Probleme breittreten und lösen.

Doch wenn wir uns getroffen haben, saßen wir voreinander und hatten uns so gar nichts zu sagen, das lief völlig aneinander vorbei. Ich saß einer Frau gegenüber, die mir nicht wirklich sympathisch war, die mich langweilte, aber mit der ich nun zwei Stunden über die Runden bringen musste – eine ebenso gutaussehende wie absolut biedere Frau. Und zwischen uns kein Funken Humor. Wir haben das schnell aufgegeben.

Seitdem haben wir nichts voneinander gehört, uns nur ab und zu bei Veranstaltungen getroffen – »Hallo« und das war's dann auch. Für mich ist es dann absurd zu denken, das ist eine Frau, mit der du fast drei Jahre liiert warst. Ist mir einfach entfallen.

Es gibt aber auch ehemalige Lieben von mir, mit denen ist das ganz anders, mit denen bin ich jetzt befreundet oder wir streiten uns immer noch, teilweise seit Jahren über dieselben Dinge. Aber wenn man noch streitet, dann will man ja auch noch etwas voneinander, dann ist da noch Bezug und Verbindung. Aber im Falle von Marlies ist da Leere, ein weißer Fleck in meinem Leben.«

Königskinder

Manchmal geht aber auch wirklich gar nichts mehr – nicht, weil man alles vergisst, nicht, weil das Abschließen eine Lebenshaltung ist, nicht, weil beim Erinnern leise Scham aufkommt, nicht, weil gegenwärtige Begegnungen nur öde Langeweile auslösen. Manchmal geht nichts mehr, weil zuviel geschehen ist. Natürlich kann man sich gegenseitig in einem so hohen Maß verletzen, dass danach einfach nichts mehr möglich ist. Doch es gibt noch eine andere Variante, die weniger verheerend, dafür aber tragischer ist. Es gibt Lieben, die gehen nicht vorüber, und weil sie nicht vergehen, muss wenigstens eine von beiden sie beenden – Lieben, die man im Herzen bewahrt und dort einen wunderschönen Schrein für sie aufstellt, den keine neue Liebe umstürzen kann. Und die dennoch nicht lebbar waren und sind. Glück ist bekanntlich eine Folge systematischen Handelns – vorausgesetzt man befindet sich zur richtigen Zeit am richtigen Ort. Manchmal beweisen zwei Menschen zwar eine große Begabung für die große Liebe, für das Glück fehlt ihnen jedoch jegliches Talent, insbesondere wenn sie es zusammen leben sollen. Die Trennung beendet in diesem Fall eine meist zum grausamen Schlachtfeld mutierte Beziehung, kratzt die Liebe aber mitnichten an. Für eine echte Ex-Beziehung, deren wichtigstes Merkmal die an der Trennungsverarbeitung gewachsene Gelassenheit ist, ist da noch viel zuviel Gefühl und unausgelebte Liebe – die in der misslungenen Beziehung keinen Platz hatte.

Die Zeit kann viele Wunden heilen, aber nicht alle. Und in dieser Konstellation der nie glücklich gelebten großen Liebe wissen beide Ex-Geliebten – würden die Wunden heilen, stünde einem Neubeginn nichts im Wege. Der Weg des Nicht-Kontaktes kann dann auch schlicht eine Never-Ending-Vermeidungsstrategie sein.

Solche Geschichten bewegen sich auf dem schmalen Grad zwischen bodenlosem Kitsch, zu gleichen Teilen gespeist aus einer fixen Idee und sentimentaler Romantik, und der echten Tragik, dass nicht alle, die einander lieben, auch zusammenfinden können. Nun gut, eine gehörige Portion Melancholie muss immer dabei sein, denn pragmatische Menschen lassen auch tragische Konstellationen nach einer angemessenen Trauerzeit als abgeschlossene Vergangenheit hinter sich. Aber es hat ja auch nie jemand behauptet, die beiden Königskinder aus dem herzerweichenden Volkslied seien pragmatische Naturen gewesen.

»Natürlich liebe ich sie und werde sie auch bis in alle Ewigkeiten lieben. Aber es gibt Menschen, mit denen kann man nicht leben, mit denen kann man noch nicht einmal Frieden schließen, weil in ihrem Inneren ein solcher Krieg tobt und ihr Wesen so unfriedlich ist. Ich habe den Kontakt mit ihr abgebrochen, nicht aus Hass, nicht aus Verletzung, nicht aus Rache, sondern weil ich den Eindruck habe, dieser Unfrieden steckt mich jedesmal so an, dass ich meines Lebens einfach nicht mehr froh werde. Es ist besser so. Es war eine ganz große Liebe, es bleibt eine ganz große Liebe, aber Liebe bewegt sich in anderen Sphären als Leben und Wirklichkeit.

Ich weiß nicht, wie sie es formulieren würde, anders natürlich. Vielleicht: Man kann nicht mit einem Menschen leben, der keinen Boden unter den Füßen hat und andauernd die Welt ins Wanken bringt. Dabei werde ich selbst seekrank und verliere mich in Tiefen, die nicht die meinen sind.

Wir haben uns nach mannigfachen Versuchen, eine Ebene zu finden, auf der wir uns lieben können, ohne dass der Krieg wieder ausbricht, seit Jahren nicht mehr gesehen. Am Ende war es wohl ich, die den Schlußstrich gezogen hat, aber ich glaube nicht, dass das eine Rolle spielt. Das war die beiderseitige Erkenntnis, es geht nicht, es geht nicht, es geht nicht. Das Tröstliche daran ist vielleicht noch, dass ich seitdem nicht mehr denken muss: Wie furchtbar, das ist deine ganz große Liebe und die ist endgültig vorbei, kommt nie wieder. Solche Gedanken treiben einen ja unausweichlich in eine Depression – Vergänglichkeit, alt werden, Unwiederbringlichkeit und Tod sind dann nicht mehr fern. Statt dessen denke ich jetzt: Diese Liebe geht nicht vorüber, muss sie auch nicht, aber sie ist nicht lebbar.

Ich bin locker mit ein paar Menschen befreundet, die sie kennen. Da fällt natürlich ab und zu ihr Name, aber ich frage nie nach, ich möchte nicht mehr in diesen Dunstkreis geraten. Ich frage mich, ob es irgend etwas gäbe, was mich dazu bringen würde, den Kontakt zu ihr wiederaufzunehmen. Ob ich wollen würde, dass sie an meinem Sterbebett zur letzten Audienz erscheint. Aber diese dramatischen Momente habe ich inzwischen nur noch sehr selten. Vor Jahren ist sie in eine andere Stadt gezogen, da kam noch einmal ein Hauch von Schmerz auf, aber dann hat es mich erleichtert, dass unsere Realitäten sich seitdem gar nicht mehr berühren.

Nein, inzwischen finde ich das nicht mehr bitter. Diese Liebe hat mich so viel Leben gekostet, in Zeit gemessen, würde man das Jahre nennen, aber das ist die falsche Maßeinheit. Obwohl es tatsächlich lange und viele Jahre waren. Bitter war, als ich noch fassungslos vor so viel Liebe stand und nicht glauben konnte, dass diese nicht ausreichen sollte, um mindestens ein Leben miteinander zu verbringen. Sie hätte wahrscheinlich ausgereicht, um mich drei Leben lang vollauf zu beschäftigen, aber mein Gott, um welchen Preis. Ich hätte keines dieser Leben zu Ende gelebt, weil wir uns jedesmal gegenseitig vor der Zeit ins Grab gebracht hätten. Tragisch ist nicht, dass manche Lieben nicht lebbar sind, tragisch ist, dass es manchen Menschen passiert, sich in genau den Menschen zu verlieben, der mit wahnsinniger Wucht sämtliche Staudämme bricht, die sein Leben zusammenhalten. Es gibt auch ein Zuviel an Berührung, es gibt Stellen in der Seele, die sind wie Schmetterlingsflügel, die dürfen angeschaut, aber nicht berührt werden. So einfach und so kitschig ist das. Und wenn bei aller Liebe hierfür das Gespür fehlt – nix wie weg.«

Manchmal ist jedoch schon allein der Gedanke absurd, aus einer Beziehung so lange die Liebe hinauszudividieren, bis unterm Strich Freundschaft stehenbleibt. Vielleicht ist der Stoff, aus dem die Liebe ist, doch ein ganz anderer als der, aus dem Freundschaften geschneidert werden. Lesben verlieben sich nicht grundsätzlich in Frauen, mit denen sie auch befreundet sein wollten. Das gegenseitige Verständnis ist in Freundschaften ein anderes als in Liebesbeziehungen. Unerfüllte Träume der einen werden in Freundschaften nicht so rasch zu kleinen Giftpfeilen, die auf die andere abgeschossen werden, und das große Kunststück Alltag muss nicht oder kann anders gemeistert werden. Sympathie und Leidenschaft schließen sich nicht unbedingt aus, aber Leidenschaft beruht nicht zwangsläufig auf Sympathie. Es ist durchaus möglich, sich in eine Frau zu verlieben, mit der frau sich kaum vorstellen kann, ein lockeres Bier zu trinken. Man kann über wesentliche Dinge des Lebens, über Ziele, Ideale, Politik und Geld konträrer Meinung sein und sich dennoch verlieben. Freundschaft ist hingegen oft auf eine ganz andere Art wählerisch als Liebe und Leidenschaft.

Ich habe in meinen Gesprächen mit unterschiedlichsten Frauen den Eindruck gewonnen, dass Liebesbeziehungen, die mehr auf freundschaftlichen Gemeinsamkeiten als auf spannungsgeladenen Unterschieden beruhen, eher eine intensive Ex-Beziehung nach sich ziehen. Solche Gemeinsamkeiten verschwinden nicht automatisch mit dem Ende der Liebe, wohingegen beispielsweise stark polarisierte und ausdrückliche Butch-Femme-Beziehungen mit der Trennung eher endgültig abgeschlossen sind. Auch soziale Unterschiede kommen nach der Trennung wieder stärker zur Geltung und spielen für die Beziehung oder Nicht-Beziehung eine gewichtige Rolle.

Und natürlich gibt es Ex-Beziehungen, deren Grundlage weniger Freundschaft ist, als das stets vorhandene Potential nicht mehr ausgelebter Leidenschaft – auch das kann dauerhaft verbinden. Wenn nach der Liebe aber auch die Leidenschaft zu Ende geht, bleibt manchmal nichts außer dem bloßen Staunen über so viel Nichts. Und über das viele, was einmal möglich war. Liebe lässt sich in der gegenwärtigen Begegnung mit einer Frau, die man nicht mehr liebt, nur schwer erinnern.

Aber auch hier gibt es keine Regeln. Während die eine sagt: »Nach der Trennung habe ich erst gemerkt, wie spießig meine Ex ist. Ich konnte einfach nichts mehr mit ihr anfangen.«, sagt eine andere: »Jetzt, nach der Trennung, kann ich meine Ex auch in ihrer Spießigkeit einfach sein lassen; so ist sie halt, und ich bin anders, wir müssen über das, was uns trennt, nicht mehr streiten.«

Und nicht zuletzt muss frau die Beziehung nach der Beziehung auch *wollen*. Die Liebe mag Schicksal sein – die Beziehung zur Ex ist eine Entscheidung. Zwar erzählen die vorangegangenen Kapitel dieses Buches von der lesbischen Eigenart, die gegenwärtigen Bande zu vergangenen Lieben innig zu pflegen, doch auch unter Lesben gibt es bekennende Pragmatikerinnen, die grundsätzlich nach dem Motto leben, dass was zu Ende ging, auch vorbei ist. »Wenn ich ein Buch über die Beziehungen zu meinen Ex-Frauen machen würde, hätte es nur leere Seiten. Ich bin nicht sauer auf meine Ex-Frauen; wenn ich sie sehe, grüße ich sie freundlich, aber ich würde nie aktiv den Kontakt suchen. Was soll das?«

Mythos contra Monotonie – Wider die neolesbische Langeweile

Ohne Klischee kein Mythos. Die Lesbe und ihre endlosen Ex-Geschichten – immerhin handelt es sich dabei um eines der wenigen Klischees, das die Entdeckung lesbischer Vielfalt ebenso wie die gesellschaftliche Liberalisierung der letzten Jahre ungebrochen überlebt hat. Mit den kastrierenden Feministinnen, dem Lesbeneinheitshaarschnitt im karierten Hemd und dem kuscheligen Blümchensex haben wir nach außen und innen zu recht gründlich aufgeräumt. Lesben sind ganz normale Frauen, die Frauen lieben, lautet das Credo, und damit sind viele Vorurteile und Klischees endlich ausgemistet worden. Wir sind so normal, dass wir fast gänzlich gleichberechtigt ins gesellschaftliche Leben und ins Bürgerliche Gesetzbuch eingezogen sind. Dort wurden wir zwar nur mit halbherzlicher Lauwärme empfangen, aber immerhin.

Offen lesbische Politikerinnen sind geduldet und so langweilig, dass sie keinesfalls die Leitartikel wert sind, zu denen es das Sommerfest-Coming-out eines männlichen Spitzenpolitikers auch in höchst seriösen Zeitungen noch gebracht hat. Im Boulevard-Genre schaffen es Trennungsdramen bekannter lesbischer Schauspielerinnen schon mal bis in die *Bunte*, aber von Skandal kann keine Rede sein, noch nicht einmal von geifernd neugieriger Leserschaft. Lesben sind talkshowkompatibel geworden und haben mit ihren ach so normalen Alltagssorgen in Vorabendserien wie der *Lindenstraße* oder *Verbotene Liebe* das deutsche Wohnzimmer auch zur besten Sendezeit rund ums familiäre Abendessen erobert.

Es hat sich sogar herumgesprochen, dass Lesben im Unterhaltungssektor nicht zwangsläufig überdrehte Ulknudeln sein müssen. Das hartnäckige Vorurteil der Unattraktivität von Lesben ist gefallen. Inzwischen glaubt niemand mehr, die kurzen Haare bei Lesben seien ein genetischer Defekt und nicht das Werk einer Friseurin oder eines Friseurs. Alle wissen, auch langhaarige Frauen in sexy Kleidern sind zuweilen lesbisch. Schon Ende der Neunziger konnte sich in einer linken Tageszeitung jahrelang die Kolumne einer lesbischen Autorin halten, die immer wieder hübsch verpackt ein und dieselbe Botschaft verkündet hat: Auch wir sind spießig, auch wir haben Fernseher und Hunde, auch wir tragen am Feierabend Adiletten, und das ist auch gut so. Lesben dürfen seit einigen Jahren heiraten, beinahe jedenfalls, und inzwischen haben wir auch die ersten lesbischen Scheidungen erlebt. *Business as usual,* so richtig lockt das niemanden hinterm Ofen vor. So normal sind wir.

In den siebziger und achtziger Jahren gab es immerhin den Mythos der kriegerischen lesbischen Amazone, die bluttriefende Doppelaxt in der einen, die Teetasse mit dem Lesbenzeichen in der anderen Hand. Ein halber Bürgerschreck wenigstens waren wir und beriefen uns auf die weibliche Avantgarde der ersten Jahrzehnte des 20. Jahrhunderts. Damals war jede – und sei es nur dem Mythos nach –, kulturschaffende und selbstbewusst auftretende Frau grundsätzlich oder gelegentlich dem eigenen Geschlecht zugetan. Als gebe es eine automatische Bedingtheit von weiblicher Schaffenskraft und Homosexualität.

Mit der gesellschaftlichen Liberalisierung ist eine Entmythologisierung lesbischer Lebensformen einhergegangen, die ihre

Tücken hat. Kaum waren wir sichtbar geworden, sind wir unter dem neuem Vorzeichen der langweiligen Normalität wieder dorthin verbannt worden, wo wir herkamen – aus der unsichtbaren Unerheblichkeit der Nachkriegsjahrzehnte. Wo wir heute hinkommen, ist der Skandal immer schon drei Schlagzeilen weiter oben dagewesen, sind die Medien abgereist, war immer schon Redaktionsschluss. Zwar weiß die Welt, auch die anderen Homosexuellen, die Schwulen, sind nur ganz normal – aber eben ein bisschen ästhetischer, ein bisschen geschmackvoller, ein bisschen kulturbewusster und sexbesessener als der größere Teil der Menschheit. Das macht sie medial verwertbar und attraktiv für die Lifestyle-Industrie. Hingegen sind lesbische Sexorgien in den Medien dort geblieben, wo sie ziemlich wahrheitsgetreu auch hingehören: in abgeschmackten Pornos und den Hirnen phantasierender Heteros. Lesbische Saunen, ein deftiges Sodom und Gomorrha, drastischer Anstieg von sexuell übertragbaren Seuchen unter Lesben – Fehlanzeige. Wir sind von der Rolle des hässlichen und manchmal verhassten Entleins so lückenlos in die normalbürgerliche Langeweile gerutscht, dass uns selbst ganz grau vor Augen wird.

Es ist fad geworden auf Lesbos, und die ganze Insel ist von schläfriger Biederkeit besetzt. Ganz Lesbos? Nein! Ein kleiner Teil des lesbischen Liebes- und Beziehungslebens hört nicht auf, der gähnenden Langeweile und der nervtötenden Normalität Widerstand zu leisten – die vielfältigen lesbischen Beziehungsmodelle unter Freundinnen und Ex-Geliebten, die viel mehr sind als Community. Ohne politisches Konzept, ohne gedrucktes Manifest und jenseits all ihrer Diskussionen über Correctness und Moral haben Lesben Lebensmodelle erfunden, die in liberalen Gesellschaften sehr zukunftsträchtig sind. Überleben in der Singlegesellschaft, Verbindlichkeit in der Wahlfamilie, Vielfalt neben der Zweierbeziehung – es geht ja um viel mehr als eine lesbische Schrulle. Es geht um die soziale Lebensqualität in der modernen Gesellschaft des 21. Jahrhunderts. Und es geht auch um mehr als nur die Ex-Geliebten. Sie sind Anfang und Ausdruck einer sozialen Kultur verbindlicher Freundschaften, die sich jenseits von klassischen Liebesbeziehungen abspielt, denn Liebe ist mehr als Paarbeziehung. Lesben und ihre Ex-Geliebten sind vielleicht der Stoff für einen neuen Mythos, der sich auch für den nichtlesbischen Rest der Welt als lebenswertes Modell erweisen könnte.

Und so ist dieses Sachbuch nicht nur sachlich. Es verweilt ausführlicher bei den positiven Aspekten des Phänomens von Lesben und ihren Ex-Geliebten. Mögen andere über das psychologische Unvermögen von Lesben, mit der Vergangenheit abzuschließen, schreiben – dieses Buch handelt von der Kunst, aus der Vergangenheit eine lebbare Gegenwart zu gestalten. Es erzählt die schöneren Geschichten und lässt zu Gunsten der einen oder anderen wohlklingenden Vision so manchen Ärger unter den Tisch fallen. Mir schien, das belächelte lesbische Ex-Phänomen brauchte endlich einmal überzeugten Fürspruch. Und ich bin mit großem Vergnügen über das Ziel einer schlichten Richtigstellung hinausgeschossen.

Dank

Sehr herzlich danke ich allen Frauen, die mir ausführlich und offen von sich und ihren Ex-Geliebten erzählt haben. Ihre Erfahrungen und Geschichten haben dieses Buch maßgeblich inspiriert. Außerdem danke ich Dorit für die vielen klugen Worte, Veronika für den strukturierten Zeitplan und Tatjana für das technische Equipment. Keine von ihnen ist eine Ex – jedenfalls nicht von mir.

Buttgereit, Silke:
Auf ewig war ich Dein / Lesben und ihre Ex-Geliebten
ISBN 3-930041-49-9

Lektorat: Andrea Krug, Berlin
Gestaltung und Satz: Grafikbüro Schadenberg, Berlin
Coverfoto: © Christina Böder, Berlin
Druck: Clausen & Bosse, Leck

Wir schicken Ihnen gern unser kostenloses Gesamtverzeichnis:
Verlag Krug & Schadenberg, Arndtstr. 34, 10965 Berlin
Tel. (030) 61 62 57 52, Fax (030) 61 62 57 51
info@krugschadenberg.de, www.krugschadenberg.de